UN PARFUM D'HERBE COUPÉE

Né en 1972, grand reporter à *Télérama* et directeur de l'ouvrage *Télérama 60 ans* (2 tomes) publié aux Arènes, Nicolas Delesalle a écrit des nouvelles qui lui ont valu le Prix des lecteurs du livre numérique 2013. Il est l'auteur d'*Un parfum d'herbe coupée* et du *Goût du large*.

NICOLAS DELESALLE

Un parfum d'herbe coupée

PRÉLUDES

Préludes est un département de la Librairie Générale Française.

ISBN : 978-2-253-04545-8

Pour Anna.

« L'histoire est entièrement vraie,
puisque je l'ai imaginée d'un bout à l'autre. »

L'Écume des jours, Boris VIAN

Un dernier mot pour la route ?

Au plafond, un ventilateur antédiluvien tournait au ralenti et découpait de grosses tranches d'air tiède qui me tombaient sur le visage.

J'étais seul dans le salon avec mon grand-père. Il dormait sur le canapé en cuir élimé. On venait d'enterrer ma grand-mère, une petite ortie brune d'origine sicilienne qui souriait tout le temps.

Les gens déambulaient sans but précis dans le jardin et la maison de mes grands-parents où flottait un parfum particulier, un mélange d'ennui, de soupe aux poireaux et de mélancolie.

Les invités rejouaient la chorégraphie sempiternelle de ces « fêtes » qui parachèvent les enterrements. Chacun faisait ce qu'il pouvait de ses pieds, de ses mains et de ses mots.

La famille se retrouvait malgré elle, penaude, désemparée, entre les petits-fours, les grands silences, le vin, le café, les larmes et les sourires compatissants. On s'écoutait. On prenait le pouls du temps qui passe trop vite. Pourquoi ne se voit-on pas plus souvent ?

Les amis proches naviguaient entre les écueils. Les phrases étaient courtes. Chaque geste, chaque mot pouvait briser une molécule d'air qui en brisait une autre qui en brisait une autre et ainsi de suite, une réaction en chaîne au bout de laquelle une molécule d'eau salée pouvait finir par couler sur la joue de celui qu'on essayait de consoler.

Ma grand-mère venait de mourir de vieillesse, comme on dit. C'est-à-dire que quelque chose avait lâché quelque part. On ne savait pas trop quoi. On ne voulait plus trop savoir pourquoi. Il fallait juste l'accepter. L'accident, le cancer et toutes les saloperies du monde déclenchent la révolte, la rage puis la résignation, tiercé perdant dans l'ordre. La mort de vieillesse, on doit l'accepter d'un tenant, au comptant, toutes taxes comprises. C'est la vie.

Mon grand-père dormait de tout son long dans le canapé, allongé sur le dos, les mains croisées sur le ventre, dans la même position que ma grand-mère dans son cercueil, sous la dalle fraîchement scellée.

Sa respiration était lente. Il avait oublié d'ôter ses lunettes. Il avait tout oublié. Il avait oublié qu'il avait été chimiste. Spécialiste des teintures. Il avait oublié qu'il était un peu belge, un peu irlandais, un peu du Nord, un peu de Normandie, un peu barré. Il avait oublié qu'il avait vécu toute sa vie d'adulte en Argentine et au Chili, où mon père était né. Il avait oublié qu'il parlait espagnol couramment, mais avec un accent à débiter des bûches. Il avait oublié qu'il avait passé sa retraite à colorer des morceaux de coton avec lesquels il recomposait des toiles, des photographies, avant de les emprisonner sous une plaque de verre. Il accrochait ses œuvres au mur. Il y en avait partout.

Au-dessus du canapé où il ronflait, une reproduction cotonneuse du *Déjeuner sur l'herbe* de Manet égayait le mur couvert d'un papier peint jaune qui fut joyeux un jour mais que les années avaient rendu maussade. Je n'ai jamais été sensible à l'art de mon grand-père, mais il est le seul peintre sur coton que je connaisse, alors va pour *Le Déjeuner sur l'herbe* tout en ouate et respect Papito.

J'ai très peu de souvenirs de mes grands-parents. J'étais le dernier des petits-enfants et quand j'ai atteint l'âge de les comprendre et de les écouter, l'un comme l'autre n'avaient plus l'envie ou la force de parler. Ne restent en mémoire que des risettes, de la tendresse et deux, trois détails qui ne feraient pas un paragraphe dans une biographie.

Un souvenir quand même : mon grand-père adorait regarder le défilé du 14 juillet à la télévision. Il n'avait pas fait son service militaire, à son grand regret. Les médecins avaient déclaré qu'il avait le cœur trop gros. « Le cœur gros », ça, je n'ai pas oublié.

Ça faisait cinq ans qu'il souffrait de la maladie d'Alzheimer. Sa mémoire était un paquet déchiqueté après Noël, les enfants Alzheimer s'étaient barrés avec le cadeau. Il ne reconnaissait plus personne. Il avait assisté aux obsèques de sa femme avec l'air absent de ces gens qui sont à des kilomètres de l'endroit où leurs pieds sont ancrés.

Il s'imaginait vivre dans la cabine d'un bateau et nous parlait sans arrêt de météo marine. Il revivait l'instant le plus joyeux de sa vie, quand il quitta la France en 1937, s'embarquant sur un paquebot pour l'Argentine. Trois semaines de mer. Le vent dans la gueule. L'aventure.

Je m'étais retrouvé dans ce salon, par hasard, pour échapper aux conversations et aux rencontres. Assis dans un fauteuil, je le regardais. Sa position mortuaire m'effrayait un peu. Je me demandais de quoi étaient composés ses rêves, quelles étaient leurs matières premières : de l'océan, sans doute, des bastingages, de l'écume, de l'iode, de la houle et du vent, sûrement. Il avait un visage émacié, un gros pif de vieux, une couronne de cheveux blancs, il était sec comme une trique. Je le fixais, j'essayais de m'imprégner de ce visage parce que je me doutais que c'était la dernière fois que je le voyais vivant.

Sa respiration était lourde, une soufflerie en fonte avec des engrenages de trois tonnes et du cambouis dans la rouille. Avec l'âge, son gros cœur battait si lentement que les médecins l'avaient équipé d'une machine pour lui rappeler de battre.

Il portait un vieux costard un peu miteux qu'il conservait depuis des années. Il n'avait pas pris un gramme depuis ses vingt ans. Debout, il dégageait une forme d'élégance raide, un magnétisme sec de soldat de plomb. Il n'était pas grand, mais son port de tête altier et son regard bleu lui composaient une belle stature. On croyait qu'il avait tout connu, tout vécu, tout compris, qu'il allait nous expliquer la vie, ses secrets, son sens profond, alors qu'il était incapable d'ouvrir tout seul un yaourt.

Je le regardais depuis une vingtaine de minutes. J'étais triste, sincèrement triste pour lui. J'avais déjà passé cet âge tordu sur lui-même, entre dix-neuf ans et vingt-cinq ans et demi, où l'on ne vit qu'à la première personne, où l'on s'émeut avant tout de son propre émoi. J'étais triste que ça finisse comme ça, pour lui, pour ma grand-mère, et je pensais à leur chanson préférée, *La Vie en rose* d'Édith Piaf, qui tournait sur la platine pour fêter leurs cinquante ans de mariage, quelques années auparavant. Quand il avait encore sa tête, quand elle avait encore son sourire. Ils avaient dansé, enlacés comme cinquante ans plus tôt, et on avait tous senti des larmes de joie nous monter aux yeux. Ils s'étaient embrassés sur la bouche, un baiser tout simple, pas appuyé, bref, éphémère, pour marquer le coup, mais je me souviens très bien que ce baiser entre deux vieilles personnes m'avait troublé, j'étais un adolescent et je trouvais dégoûtant que des vieux s'embrassent, fussent-ils mes grands-parents.

Mon grand-père a ouvert les yeux. Je me suis senti mal à l'aise, je ne savais pas comment me comporter. Que dire à son grand-père quand il vous prend pour un moussaillon, quand il vous engueule parce que vous ne portez pas l'uniforme et vous demande quelle sera la météo marine pour les trois prochains jours ? Mon père, lui, prenait le parti d'en rire, un rire pour de faux, une mauvaise armure ; au fond de lui, il était anéanti. Moi, j'étais aussi désemparé qu'un poulpe devant une sarbacane.

Mon grand-père a toussé, reprenant le contrôle de sa respiration, puis il a tourné la tête. Ses yeux étaient rouges, comme s'il avait pleuré pendant sa sieste. Il m'a regardé et, comme chaque fois que je ne sais pas quoi dire, j'ai dit n'importe quoi : « Alors t'as piqué un roupillon Papito ? »

Il ne m'a pas répondu. Il s'est levé et on entendait presque grincer les mécanismes intérieurs et les forces phénoménales qu'il mettait en jeu pour soulever sa carcasse. Il a rajusté sa mise, il a équilibré son nœud papillon désuet, et il a fait trois pas vers moi.

Je me suis levé aussi, sans le quitter des yeux, comme s'il risquait à tout instant de s'effondrer. Il a ôté ses lunettes carrées, monture des années soixante, verres épais en cul de bouteille. Ses yeux me paraissaient beaucoup plus grands et bleus que d'habitude et le fond de ses globes oculaires était strié de milliers de minuscules capillaires rouges. J'allais encore dire n'importe quoi, mais il a posé une main blanche et lourde sur mon épaule et a planté ses yeux dans les miens. « Tout passe, Kolia. Tout passe, tout casse, tout lasse. » Il m'a fixé encore quelques secondes. Je ne savais pas quoi lire dans son regard. De la complicité, de la tristesse infinie, de l'abandon, de la folie ? Il y avait un peu de tout dans le bleu de ses yeux rouges. Était-ce un conseil qu'il me donnait, ou un avertissement ? C'était un cocktail Molotov sans mèche. Je n'ai pas bougé. Mais, sous mes pieds, quelqu'un venait d'ouvrir une trappe et j'avais beau être immobile, je tombais.

Mon grand-père a fermé brièvement les yeux et, dans ce court intervalle qui a séparé la fermeture et la réouverture de ses paupières, toutes les lueurs au fond de ses pupilles ont disparu. Il a tourné les talons et il est allé se rallonger dans le canapé. Cinq minutes après, il dormait.

C'était la dernière fois que je le voyais.

Du chlore et des profiteroles

Je suis allé à la piscine pour me nettoyer les yeux avec le chlore comme chaque fois que je ne vois plus rien. J'ai enfilé mon maillot noir, le bonnet argenté qui me donne un air de spermatozoïde de l'espace et j'ai plongé pour chercher de l'air au fond du grand bassin.

L'eau était vaguement turquoise, l'air vaguement tiède et des grenouilles humaines faisaient les cent pas dans les éclaboussures, aller, retour, aller, retour, comme si elles réfléchissaient, comme si elles cherchaient un moyen de sortir de ce grand parallélépipède liquide.

Beaucoup de corps crawlaient et brassaient autour de moi. Des gros corps blancs qui flottaient comme des cachalots assoupis, des petites fesses de micro-paquebots sous-motorisés qui luttaient contre la résistance de l'eau, des corps élancés qui laissaient derrière leur course une écume bouillonnante.

Des petits culs. Des gros culs. Chaque longueur de piscine est un voyage aux confins de la biodiversité des culs mais aussi des torses et des jambes de toutes les tailles, de toutes les formes ; un Lego humain emboîté par la nature un soir de cuite. Plusieurs combinaisons sont possibles : gros cul / torse petit / jambes longues ; petit cul / torse long / jambes courtes…

Les animaux, eux, ont tous la même allure. Ils sont clonés sur un seul modèle, celui de la survie et de la sélection naturelle. Toutes les gazelles ont les mêmes petites fesses de victime ; les loups, le même regard de pleine lune ; les guépards, cette dégaine chaloupée de petite frappe de banlieue.

Empâtés par les accessoires, le presse-légumes, la télé ou la friteuse, sauvés par la médecine, les êtres humains ont pris des formes très variées que nous envient sûrement les éléphants quand ils nous observent les regarder au zoo.

J'ai commencé à crawler en oubliant la biodiversité de cette forêt de culs sous-marins et j'ai songé à ce qui m'avait amené ici, mon grand-père et ses derniers mots : « Tout passe, tout casse, tout lasse. »

Je crawle, Papito, je crawle, mais tu m'as troué le moral. Malgré la maladie, dans un moment de lucidité, tu m'as reconnu, tu aurais pu dire autre chose. Tu ne m'avais jamais rien dit de sérieux. Tu aurais pu finir sur le même mode. Il y a beaucoup de dernières phrases possibles quand on ne dit jamais rien de sérieux. « Kolia, je prendrais bien encore un peu de profiteroles » : voilà une phrase ultime qui ne m'aurait pas déplu. Simple, sans force symbolique, douce comme la plante des pieds d'un nouveau-né. Et si vraiment tu voulais me transmettre un message fort, si tu voulais absolument partir sur un uppercut dans les prémolaires, tu aurais pu choisir d'autres mots, pas ce triplet funèbre ; tout passe, tout casse, tout lasse. Il existe des milliers de conseils à donner à un jeune homme qui débute dans la profession d'exister. Des niaiseries, des fadaises mais des niaiseries et des fadaises qui sont agréables à entendre. « Tu vas voir, tu ne vas pas t'ennuyer. Il y aura les copains, les amis, les bières, la musique et la mer et le ciel étoilé et les torrents et les déserts et les livres et les films et les femmes et leurs seins et leurs fesses et leurs yeux et leurs jambes et leurs hanches et leur ventre et leurs lèvres et leur nuque et leur cou et leurs épaules et leur parfum et leur peau et leurs cils et puis il y aura la femme et les yeux des enfants et leurs petites mains dans la tienne et la pluie quand tu seras au chaud sous la couette et le soleil de printemps et le temps qui passe en cuirassant ta peau et tu ne vivras jamais pour rien. »

Voilà le genre de message que j'aurais voulu entendre, Papito. D'accord, la phrase est longue pour ta mémoire et ton souffle. J'aurais aussi apprécié l'un de ces conseils à la con qui n'aident pas mais qui ne coulent personne : « Ne baisse jamais les bras », « Fais face », « Glisse, n'appuie jamais », « *Carpe diem* ».

Papito, du haut de tes ruines, tu m'as dit la vérité toute nue alors que je l'aurais préférée accrochée à un ballon d'hélium et vêtue d'un truc sexy. Tout passe, tout casse, tout lasse. Ça m'a longtemps agacé. J'ai eu du mal à l'accepter. J'ai longtemps eu le sentiment de vivre à blanc, pour rien du tout. Dans trois générations, mon arrière-petite-fille ne connaîtra pas mon prénom. Elle ignorera tout de ma vie. Ma famille. Mes amours. Mes amis. Mes souvenirs. Elle ne saura pas qu'un jour, à seize ans, j'ai fait une chute en mobylette parce que j'essayais de conduire le plus longtemps possible les yeux fermés. Elle ne saura jamais quel mépris visionnaire j'ai pu porter à Internet quand on me l'a présenté pour la première fois en 1996. Elle ne saura jamais combien j'ai eu la trouille le jour de la naissance de sa grand-mère, venue au monde bleue comme un iceberg et sans pousser un cri. Elle ne saura jamais que je suis capable de tuer une portée de chatons angora pour un bœuf Strogonoff cuisiné par ma mère. Et elle ne saura pas quelles musiques m'arrachaient le ventre, quels romans me brûlaient la tête, quelle sainte haine je vouais aux

Vélib', comme je ne connais rien des goûts et des dégoûts de mon arrière-grand-père Haïk, né dans le Haut-Karabakh, élevé à Moscou, le seul dont je connaisse le prénom, parce qu'il a eu le bon goût de trouver du pétrole à Bakou, entrant du même coup dans la légende familiale. L'autre glorieux grand-père de ma mère a eu beau être officier dans l'armée du Tsar, il n'a pas eu cette chance. Bien qu'il se soit fait tuer méthodiquement et dans les formes que requiert la postérité familiale, sous la torture par les Rouges pendant la Révolution, je n'ai pas retenu son prénom. Et je ne sais rien de lui. Ni la couleur de ses iris, ni le timbre de sa voix, ni comment il portait l'uniforme, ni s'il était drôle, ou s'il était vraiment courageux, quelle tête chiffonnée il avait le matin au réveil, dans quel bois étaient sculptées ses épaules.

Je ne trouverai jamais de pétrole. Je ne mourrai jamais sous la torture. Et mon arrière-petite-fille ne connaîtra jamais les détails de ma vie palpitante à califourchon entre deux siècles. Et quand s'éteindra dans un râle terrible ou dans un petit hic silencieux la dernière personne qui aura entendu parler de moi, ça sera vraiment fini. Trois pelletées de terre sombre et basta.

Tout passe, tout casse, tout lasse. À la réflexion, ce n'est pas une catastrophe. Heureusement qu'on a droit à l'oubli.

Heureusement qu'on meurt, c'est comme ça qu'on sait qu'on existe. Céline disait à peu près la même chose en parlant de la beauté. Je te pardonne tes derniers mots, Papito, parce que je ferai moins le malin quand moi aussi je me serai échoué, quand tout sera parti, quand il ne restera que des charognes de souvenirs. En attendant cet instant, en attendant ce jour de boxe, je profite. Je profite et je regarde le ciel plein d'étoiles et je me sens aussi minuscule que si je n'existais pas.

Voilà ce que je me disais alors que j'entamais ma trentième longueur de piscine, entre les gros et les petits culs. Une dernière chose : si jamais, par le plus incroyable des hasards, mon arrière-petite-fille – appelons-la Anna pour mieux la voir –, si Anna, vingt-trois ans, jolie blonde aux yeux noirs, étudiante en géologie martienne, trébuchait un jour sur ces lignes, je voudrais qu'elle n'oublie jamais ces premiers et derniers mots que je lui adresse personnellement, qu'elle les conserve comme un sésame, un code secret : « Anna, je n'adorais pas les profiteroles. »

Lettre à Anna

Non Anna, non, je ne peux pas en rester là, je ne peux pas te laisser comme ça, toute seule avec mes profiteroles tandis que je pourris mollement sous la terre, je ne veux pas, je dois t'en donner davantage, me montrer plus généreux, nourrir ton histoire et me déshabiller un peu. Tu n'existes pas encore, ta mère n'est qu'un songe, ta grand-mère dort dans sa chambre de petite fille avec sa sœur et ses poupées, ses Playmobil, ses Lego, ses figurines de chevaux, sa famille de chats en peluche et moi, je suis là, dans mon salon, vautré dans un canapé élimé du début des années 2000, l'ordinateur portable bouillant posé sur le ventre, un MacBook Pro gris dont le poids et l'aspect te feraient sans doute sourire, et je ne sais pas quoi t'écrire. Il est deux heures du matin, c'est le mois de juin, Paris s'endort accablé par la chaleur d'un printemps qui s'achève dans les orages, ce genre de journée que je regretterai vraiment quand tu seras là, quand tu me liras.

Je me demande où tu es à cette heure-ci Anna. Où se cachent les atomes qui composeront ton corps, ton cerveau, tes yeux. Je sais qu'ils sont déjà là, quelque part, cachés à la surface de cette planète, planqués dans les nuages, les océans, les forêts, dans les molécules de la croûte d'un saint-nectaire en train d'être affiné en Auvergne, dans l'écaille d'un saumon qui vient de sauter au-dessus d'une petite cascade en Alaska et qui remonte le torrent de son enfance pour s'en aller frayer, dans le carbone de la peinture rouge d'une Ford Mustang qui roule dans la banlieue de Los Angeles avec à son bord les quatre membres armés d'un gang hispano-américain, dans la salive que s'échangent deux amoureux qui s'enlacent pour la première fois à l'abri d'un parc dans la banlieue parisienne. Tu n'es encore nulle part Anna, mais tes atomes sont partout. Quand tu poseras tes yeux sur ces lignes, ça sera à mon tour de me disperser dans le vent, la pluie, les saumons et le fromage.

En attendant, j'essaie de t'imaginer, la forme de ton visage, l'éclat de tes yeux, la taille de ton nez, comment tout cela va s'agglomérer, s'étoffer, vibrionner, la façon que tu auras de sourire, ta voix quand tu diras « Bonjour ! », la manière dont tu plisseras les yeux quand tu essayeras de comprendre quelque chose de complexe, un problème de maths, une phrase de Nietzsche, ce que tu as de moi en toi, ce qu'il en restera ; je me demande aussi ce que tu voudrais savoir si tu pouvais souffler à mon oreille, ce que je pourrais bien te raconter, te léguer, quel héritage on peut bien laisser avec des mots, des virgules et des points quand on a juste assez vécu pour comprendre que la vie n'en a rien à faire qu'on la comprenne, quand on arrive à cet âge un peu cabossé et qu'il faut admettre qu'on n'en sait pas davantage que vingt ans plus tôt : « Tout passe, tout casse, tout lasse ? » Non. Non, je ne te ferai pas ce coup-là Anna. La vie est courte comme un flash, mieux vaut penser à sourire pour la photo, ça j'en suis certain, ça je le soufflerais bien à l'oreille de Papito.

J'ai envie de te parler, Anna, j'ai envie, mais je ne sais pas quoi te dire, je suis un peu intimidé, tu n'es pas vivante, je ne suis pas encore mort, tout nous sépare ; alors je lance des filets, je cherche des souvenirs, des faits marquants, des anecdotes, ce qui reste agrippé au rocher de la conscience après les tempêtes et les lames de fond et je m'aperçois que je ne sais pas grand-chose de ma propre vie, j'ai oublié la plupart des 14 600 journées que j'ai déjà passées sur cette bonne vieille terre, il ne reste que quelques bribes, des instants cristallisés, des secondes, une petite poignée de sable dans la main. Dans sa nouvelle *Funes ou la mémoire*, Borges raconte l'histoire tragique d'un jeune homme de dix-neuf ans hypermnésique ; sa mémoire enregistre en permanence chaque détail de sa vie avec une précision horlogère, inutile, et ces souvenirs jaillissent en permanence, chaque jour, l'empêchant de vivre vraiment ; il finit par s'enfermer dans une pièce vide pour être sûr de ne plus rien enregistrer. Il faut être capable d'oublier, nous dit Borges, sans ce tri, nous ne pouvons plus exister. La vie, c'est l'oubli, l'oubli, c'est la vie. Quel a été mon tri ? Qu'ai-je choisi de sceller dans ce machin cabossé qui me sert de mémoire et qui me définit ?

Ma vie d'adulte est sous mes pieds Anna, et si je me penche, j'ai peur de tomber. Je ne vais pas te raconter ce que je faisais le 11 septembre 2001 (j'étais à la rédaction, je suivais tous les événements en direct sur les nombreux écrans du journal et puis, quand la deuxième tour du World Trade Center s'est effondrée, je suis parti en scooter à l'Assemblée nationale interviewer un député à propos de la redevance, un impôt de mon époque qui servait à financer la télévision publique, c'était vraiment un sujet passionnant ; sur le chemin, j'avais peur, vraiment peur, je ne savais pas si c'était la guerre, si c'était la fin du monde, je croisais tous ces gens qui ne savaient pas encore, et je les enviais, j'enviais leur insouciance, c'était la première fois que je voyais dans la rue des gens qui n'étaient pas de la même époque que moi et plus tard, pendant l'interview, tandis que deux types en cravate me parlaient de calcul d'assiette et de tranches d'imposition, je me suis pris à rêver qu'un Boeing 747 percute l'Assemblée pour mettre fin à mon calvaire). Je ne vais pas te décrire non plus ces personnalités extraordinaires qu'il m'a été donné de rencontrer, le mathématicien de génie Cédric Villani et son éternelle lavallière, l'astronaute Claudie Haigneré dont la pugnacité et la fragilité formaient le plus beau des alliages, le panache du champion d'échecs Garry Kasparov, l'humour de l'acteur Will Smith, et puis ce vieux biologiste sénégalais capable de faire pousser une forêt sur un désert et qui marchait vingt-quatre kilomètres par jour pour aller travailler près du lac Rose, ce journaliste arabe israélien qui tentait de faire son travail à Gaza en pleine Intifada entre les fusils M16 et les Kalachnikovs et qui était pris à partie par les deux camps, palestinien et israélien, le sourire éclatant du gardien de la plus grande bibliothèque de Tombouctou une semaine après la libération de sa ville en 2013, quand il a retrouvé ses quelques vieux manuscrits du XIIe ou du XIIIe siècle cachés pendant des mois dans un vieux carton au nez et à la barbe des islamistes. Je ne vais pas te raconter l'accident de voiture qui faillit mettre un terme prématuré à ma carrière d'être vivant dans le désert de la pampa argentine et qui a emporté mon cher voisin de siège arrière Alain, un chercheur fou des neutrinos, ces particules sans masse venues du bout de l'Univers et qui nous traversent par milliards chaque seconde sans que l'on s'en aperçoive. Je ne vais pas te raconter les corps mutilés, martyrisés pendant la guerre en Côte d'Ivoire du côté de Duékoué, quand le regard des survivants était plus difficile à soutenir que la vue des cadavres. Je ne vais pas te parler du courage des révolutionnaires égyptiens sur la place Tahrir quand les contre-révolutionnaires ont chargé (« C'est fini ? » avais-je demandé à une jeune femme tandis que des dizaines de morts et des centaines de blessés étaient évacués et que les combats continuaient, « Ça commence ! » avait-elle répondu). Je ne vais pas te parler de la famine au Niger, de ces jeunes docteurs qui s'effondraient, à bout, de ces mères qui ne pleuraient pas et qui repartaient au village avec, dans le dos, leur petit bébé enfoui dans un boubou.

Tu sais, Anna, je chevauche ma quarantième année et pour la première fois depuis que je suis né, j'ai la force de me retourner pour regarder le paysage. C'est une torsion fabuleuse et nouvelle et je n'ai pas envie de fixer ce qui traîne juste derrière moi, non, je cherche l'horizon lointain, l'étoile la moins brillante, les débris les moins évidents, ce passé de la fin du XXᵉ siècle, quand j'étais encore un gamin, quand mon seul but dans la vie était de gagner des billes.

Je vais essayer de te parler de ces quelques instants-là remontés dans mon filet dérivant. Pourtant, je te préviens. Il ne s'est rien passé dans mon enfance. J'ai été aimé. Je n'ai pas connu la guerre, la faim, la violence, la pauvreté, l'alcool, la délinquance, je n'ai pas été violé. Je n'ai aucune revanche à prendre sur cette enfance-là, je n'ai aucun coup de boule à donner. Il faut croire que même les enfances en mousse s'enfoncent en nous.

Je ne sais pas quel âge tu auras quand tu liras ces lignes Anna, mais je sais que les jeunes filles de dix-sept ou dix-huit ans ont souvent des corps de femmes alors que l'enfance n'a pas encore quitté leurs joues. Comment sont tes joues Anna ? C'est souvent là, dans la rondeur élastique qui couvre la mâchoire que l'enfance s'accroche le plus longtemps. Quand les seins, les hanches, la taille et les fesses sont perdus à l'ennemi, l'enfance des filles se défend là, dans les joues ; c'est le dernier bastion. Et puis, un beau jour, sans raison, demain n'a plus rien à voir avec hier, quelque chose a craqué quelque part, une nuance millimétrique, un décalage imperceptible, le visage a mué et le masque juvénile s'est envolé pour toujours. La même chose arrive, souvent plus tard, chez les jeunes hommes. Personne n'a jamais réussi à photographier cet instant magique et maudit qui fait d'une jeune fille une femme, d'un jeune homme un homme et d'une enfance, un souvenir. Je ne sais pas si ça ferait vraiment une bonne photo, Anna. Je ne sais pas. Mais je veux quand même essayer de mitrailler le flou de ces petits moments qui ont changé mes joues, ces fragments d'enfance ordinaire qui ont transformé un jeune garçon ordinaire de banlieue parisienne en un homme ordinaire du XXIe siècle dont les atomes ordinaires composent, à l'heure où tu me lis, la pluie, le vent, les fromages et le saumon de ton siècle.

Ces salopards de Mexicains

Nous sommes ce point-là, ce cube métallique lumineux qui balaie l'asphalte en crachant des photons. L'autoroute A10 serpente, comme une murène géante qui s'étirerait dans la campagne entre Orléans et Poitiers.

Au-dessus, la nuit habille le ciel en costard-cravate gris trader. La lune est suspendue plein ouest. Son éclat d'hostie rassie sanctifie les bords des nuages. Les essuie-glaces vont et viennent, vont et viennent, vont et viennent. Je conduis un Citroën Picasso de location.

Je n'ai pas choisi la couleur. Les véhicules de location sont le plus souvent de teinte sobre, passe-partout. Je ne me suis pas méfié quand le type de l'agence m'a refilé les clés avec un sourire du Middle West coincé dans ses mâchoires dessinées pour casser des noisettes. J'avais confiance.

Au cinquième sous-sol, j'ai découvert la voiture – la seule qu'il restait à louer – et sa couleur : un rouge pétant, un rouge j'ai-un-problème-de-reconnaissance-sociale-alors-je-roule-en-voiture-rouge.

En sortant de la place 87, les pneus ont crissé sur le revêtement bizarre. C'était comme un cri de joie que la voiture lançait dans le parking désert. Et je suppose qu'il a résonné longtemps après notre départ.

Ma femme dort recroquevillée sur le siège passager. Je ne sais pas comment elle parvient à faire des nœuds pareils avec ses jambes. On dirait un hauban tressé par des marins durs au mal, ses cuisses se lovent l'une autour de l'autre, ses pieds nus se coincent sous ses fesses, à quelques centimètres de ma main droite que je laisse toujours posée, par habitude, sur le pommeau du levier de vitesse.

À l'arrière, mes filles sanglées dans leurs sièges roupillent entre leurs boucles blondes. Leurs joues leur servent d'airbags dans les virages. Je suis concentré sur la route, absorbé par ma conduite. Je convoie ma famille assoupie vers le paradis infernal des vacances.

On retrouvera les cousins, les parties de pétanque succéderont aux tournois de ping-pong et vice versa, on plongera dans l'eau tiède de l'étang, on fera bien gaffe de ne pas se faire piquer par les taons, les filles joueront à la marchande près des bambous ou pédaleront sur le gravier fondu de la départementale, on jettera du pain dur aux moutons idiots, les déjeuners seront interminables, entre melons, chiffonnades de jambon, rosés et viande rouge grillée au barbecue, des guerres éclateront et des cris s'élèveront pour un jouet chipé ou pour une place dans les hamacs, on comptabilisera les petits bobos, les piqûres de guêpe, les chutes, les larmes et ça gigotera dans les balançoires, on cueillera peut-être les premiers cèpes, on bronzera une dernière fois à la plage et puis la fin des vacances sera là, heureux et épuisés, on chargera le coffre de la bagnole jusqu'à la garde, on fera une pause dans une station-service d'autoroute, entre les odeurs de frites, d'essence et de détergent pour chiottes, et on retrouvera rapidement le périphérique, les quatre étages vers l'appartement. Une fois le Picasso rouge rendu à ces imbéciles de l'agence de location, je serai soulagé et les vacances commenceront vraiment, enfin, au bureau.

Je roule, je roule sous l'averse lourde de ce début d'été. Vingt ans plus tôt, la pluie mouillait déjà cette route. Je m'en souviens alors que la voiture passe le point kilométrique 273. Je revois les traits blancs de l'autoroute mouillée filer sous les roues de la voiture. Je vois les gouttes qui s'étirent et font la course sur les vitres. J'entends le son du moteur, le grincement caoutchouteux des essuie-glaces et la voix de mon père.

Mes parents ont toujours préféré voyager de nuit. Pour éviter les bouchons et la chaleur. Mon père conduit vite. Les feux arrière des voitures qu'on double deviennent des feux de Bengale jaunes qui crépitent dans le rétroviseur, avant de s'évanouir dans la nuit de juillet. J'ai dix ans.

Mon père est au volant d'une Renault 25 GTS bleu perroquet. Je suis maudit avec les couleurs des voitures. Dans le secret de mes dix ans, je rêve d'une R25 GTX, parce qu'elle roule plus vite, parce que, lorsqu'on a dix ans, c'est important d'avoir des rêves : une R25 GTX, avec plein de chevaux sous le capot, et un ersatz d'ordinateur de bord qui parle.

À neuf ans, j'ai fait le deuil de la R25 V6 Injection, le haut de gamme réservé aux gosses qui portent des pulls Chevignon. Je ne porte pas de pull Chevignon et je sais que pour la V6 Injection, c'est foutu. Mais une GTX, même d'occasion, aurait fait l'affaire.

Le jour où mon père a débarqué avec son sourire conquérant et la GTS, j'ai fait la gueule. Mais j'ai ravalé ma grimace comme on cache à ses parents l'odeur de sa première clope. J'ai dit « ouais », j'ai dit « super », la mort dans l'âme, même si j'avais compris que la GTS pour la GTX, c'était déjà le sixième grand renoncement, après la petite souris, les cloches de Pâques, le père Noël, Mathilde, la plus jolie fille de la maternelle, et ma carrière de footballeur professionnel.

À côté de mon père, il y a ma mère. Elle est très belle avec son visage de Russe tombée d'un conte de Pouchkine, ses pommettes hautes, ses yeux noisette en forme d'amande – des noisettes en amande, ça ne s'invente pas, ma mère ne s'invente pas, aucune mère ne s'invente, mais la mienne encore moins que les autres. J'ai dix ans et j'en suis amoureux.

Je n'ose plus lui dire que je l'aime, alors je lui montre discrètement. Assis derrière elle, la nuit, pendant que mes sœurs rêvent de soutiens-gorge et que mon père conduit, je me redresse et passe mes deux bras au-dessus du siège avant pour les lover autour de son cou comme un collier de nouilles.

Maman prend alors mes mains dans les siennes. Nous restons ainsi, un long moment, silencieux.

C'est beau comme une publicité pour de l'eau minérale.

À la place de ma mère, il y a maintenant ma femme, qui dort, confortablement à l'abri dans le Picasso rouge. Les nuits d'été, les femmes abandonnent les autoroutes et la mélancolie aux hommes.

Parfois, je suis assis à la place du milieu, à l'arrière, entre mes deux grandes sœurs, accoudé entre les sièges avant, à la place qu'occupe le mannequin qui s'écrase sur le pare-brise dans les spots de la prévention routière des années 2000. Dans les années quatre-vingt, c'est simplement la place stratégique pour apprécier à leur juste valeur les dépassements de mon père et les lumières du tableau de bord. Mes yeux ne quittent pas les mouvements de l'aiguille du compteur de vitesse. À ma gauche, Helena : elle a quatorze ans, une moue d'adolescente et des seins qui poussent. À ma droite, Irina : elle a douze ans, une moue de préadolescente et aimerait avoir des seins qui poussent. À nos pieds ronfle Raspoutine, une grosse peluche de berger allemand à poil long, doux et collant, intellectuellement plus proche du bigorneau que de Machiavel, mais qui est très difficile à installer dans la voiture puisqu'il pèse pas loin de cinquante kilos. Il nous écrase les pieds, il pue le chien et quand il ahane, il se dégage dans l'habitacle un fumet peu ragoûtant qui se mélange avec les volutes de la clope de mon père. Aucun d'entre nous n'est attaché et papa fume. On s'en fout. On est en 1982. Aux pieds de ma mère, dans un panier en osier, Sweetie, gouttière blanc impossible à domestiquer. Cette chatte misanthrope a le regard oblique des touristes perdus ou des gens qui se parlent tout seuls dans la rue. Mes sœurs et ma mère considèrent qu'elle est orgueilleuse, sauvage et indépendante, qualités qu'elles encensent chez les félins mais qui les exaspèrent chez les hommes en général et chez moi en particulier.

Ce jour-là, à part les trois enfants, le chien et le chat, il n'y a pas d'autres animaux dans la voiture. Mes parents sont pourtant des champions de la cause animale : ils sont déjà parvenus à convoyer dans la GTS un chien, un chat, deux poissons rouges, quatre colombes, un lapin nain au nez vérolé par une myxomatose et une poule que ma mère voulait transformer en pondeuse urbaine et qui a caqueté sept heures d'affilée dans la voiture. La poule n'a jamais pondu. Elle s'est enfuie chez des voisins et on ne l'a plus revue.

Je n'ai jamais compris pourquoi mes parents éprouvaient tant de plaisir à adopter des animaux, peut-être aimaient-ils vraiment leur présence silencieuse et compréhensive, peut-être brandissaient-ils inconsciemment l'étendard bariolé du bonheur familial pour conjurer le sort : « maison, jardin, R25 GTS, trois enfants, chien et chat, lapin nain, colombes et poissons rouges. » Peut-être que tous ces animaux scellaient les briques de notre version de la publicité Ricoré, le chien qui remue la queue, le chat qui ronronne, les joues des enfants pleines de miettes de pain au chocolat, et le soleil qui vient de se lever, merci, vraiment, merci l'ami Ricoré.

Papa roule. Ma mère et mes sœurs se laissent bercer par le cahotement de la R25 qui fonce à plus de 160 sur l'autoroute A10 ; je suis accoudé entre les deux sièges avant et je regarde défiler la route, des galaxies dans les yeux.

Je ne supporte pas qu'une Mercedes ou une BMW nous dépasse. Question d'honneur. Quand papa se rabat sur la file de droite pour se laisser dépasser, je ne dis rien, mais je me mords les lèvres jusqu'au sang, je serre les poings, j'ai envie de pleurer, de hurler sur mon père, si t'avais acheté une GTX papa, putain, si t'avais acheté une GTX... Pour le moment, je suis serein. Pas de BMW à l'arrière-train. J'ai longtemps dû composer avec ma sœur Irina pour décrocher ce fichu strapontin du milieu. Les négociations ont pris fin quand ma sœur a atteint les rivages de la préadolescence et touché d'un doigt triste son premier bouton d'acné et sa première larme existentielle. Elle a alors décidé de faire la gueule sur le côté en plongeant son regard vers l'horizon infini tout en écoutant dans son walkman les mélopées psalmodiées de Klaus Nomi.

Les adultes font souvent mine de s'étonner du désespoir baroque des adolescents, mais cet étonnement est un leurre, ils n'y croient pas eux-mêmes ; au fond, ils savent très bien à quel point c'est compliqué de se relever quand on tombe de son enfance.

Moi, je ne me suis pas encore cassé la gueule. Je marche en équilibre sur le fil de mes dix ans. Fier comme un coquelet d'être encore éveillé et de tenir compagnie à mon père.

Dans le rétroviseur, les phares jaunes s'agglutinent et se dissolvent. Papa rompt le silence pour me raconter une histoire, toujours la même, celle de Fort Alamo. Il s'allume une nouvelle cigarette et entrelarde son récit de profondes aspirations qui dramatisent les scènes qu'il décrit avec sa voix grave, épaisse, pleine de nœuds, une voix de souche de chêne.

Je l'écoute même si je connais déjà chaque détail, même si je sais que l'histoire finit mal. Les cinq mille Mexicains vont massacrer le courage inutile de Davy Crockett et de son pote James Bowie.

À cent quatre-vingt-sept contre cinq mille, les défenseurs n'ont aucune chance. Le siège de treize jours, les canons, les murs du fort qui s'effondrent, les Mexicains innombrables, un qui tombe, dix qui surgissent, et Davy Crockett qui fait face jusqu'au bout, et moi, j'ai mon âge et j'aime la guerre et les mecs qui en ont, je suis pétri d'admiration, papa double et je bombe le torse, ça y est je suis dans le fort, je tire, je me défends comme un diable, ils sont devant moi, ils sont douze ou quinze ou cent, et je n'ai plus de balles, mais je cours vers eux, et papa double encore, et je leur plante mon regard comme une lance en plein front et je meurs, oui, je meurs, fauché par mille abeilles de plomb, mais debout, comme Davy et James, comblé, étouffé par mon panache.

Papa ne sait pas encore que son histoire va, sept ans plus tard, redessiner l'arête de mon nez le jour où huit types qui voulaient m'arracher mon walkman m'ont cassé la gueule. Je ne pouvais pas leur lâcher comme ça. Pas après ce que Bowie et Crockett ont enduré. Mon père aurait trouvé que je manquais de superbe.

Mes paupières sont lourdes, les lumières du tableau de bord deviennent floues, je m'affale dans le fond de la banquette, coincé entre les culs de mes deux sœurs qui dorment en chien de fusil. Raspoutine bave sur mes chaussures. Je lutte, mais je m'endors à l'abri dans un cocon familial que je pense incassable, soudé par mes sœurs, le chien, le chat, le sommeil de maman, les histoires de papa, protégé dans le métal bleu perroquet de la R25 GTS.

Je ne connaîtrai jamais plus aussi intensément ce sentiment de sécurité mat, terrestre, qu'en ce début d'été, sur l'autoroute A10, à fond sur la file de gauche, dans les volutes des clopes de mon père, sous la pluie lourde, des Mexicains sur les talons.

Pourquoi ces souvenirs me sautent à la gueule aujourd'hui ?

Peut-être parce que aujourd'hui, j'ai peur. J'ai peur, malgré les ceintures de sécurité et l'interdiction de fumer ; la R25 GTS doit pourrir dans une casse quelconque depuis des années et mon enfance avec. Tous les animaux sont morts, le chien, le chat, les poissons, la poule, les colombes et le lapin, et les histoires de mon père aussi. Je ne fais plus de colliers de nouilles avec les bras autour du cou de ma mère, ce qui à mon âge est plutôt une bonne chose. Et, suite à une foule d'événements qui m'ont complètement échappé, je n'ai plus dix ans du tout, bien au contraire. Ma femme dort comme une victime de Pompéi. À l'arrière, mes deux filles sanglées dans leurs sièges ont l'air de deux petites mortes entre leurs boucles blondes. Je roule vite et les Mexicains sont dehors. Je sens leur présence. Ils veulent ma peau. Ils veulent nos scalps. Ils nous poursuivent dans le rétroviseur. Ils sont trop nombreux. Je sais qu'un jour, au détour d'une journée ordinaire, ils nous auront tous.

Des phares blancs apparaissent dans le rétro. Ils sont encore loin mais ils sont bien là. Ma femme bouge dans son sommeil et sa cuisse dénudée est un instant éclairée par la lune. Les phares blancs se rapprochent encore. J'aspire lentement une bouffée de la cigarette métaphorique de mon père. J'ajuste mon chapeau à queue de raton laveur, je fronce le regard dans ce cube métallique lumineux qui balaie l'asphalte en crachant des photons. Je fixe la murène noire qui s'étire devant moi, dans mon Fort Alamo, sur l'autoroute A10.

Toutes mes billes pour y croire

Je suis le treizième dans l'allée centrale. Je ne marche pas, je piétine. J'attends cet instant depuis des années. J'en ai tellement envie. On m'a tant fait poireauter. Reste sur le banc Kolia, t'es trop petit, t'es pas prêt, attends-nous. C'est enfin mon heure, je suis dans l'allée centrale et je suis le treizième.

Je vais manger le corps du Christ.

Je vais enfin connaître le goût de l'hostie, savoir ce que ça fait, ce que ça change, si ça remue les tripes. C'est la seule chose qui vient d'En-haut et qui me paraît concrète, palpable, pas un miracle à la noix dans les livres, non, quelque chose qu'on voit, qu'on touche, qu'on mange.

Je ne situe pas trop la métaphore, le symbole, je veux du réel, je veux manger Dieu ou son Fils ou le Saint-Esprit, l'un des trois ou les trois à la fois. Je m'imagine que ça rend meilleur, je crois que ça irradie le cœur, un soleil dans le ventre qui brûle les saloperies ; ça me paraît tellement simple et beau, et un peu bizarre aussi, je ne suis pas sûr, j'ai quelques doutes. Et s'il n'y avait rien du tout ?

J'avance, je n'ai plus de salive dans ma bouche, je suis le treizième dans l'allée centrale.

J'ai des soupçons sur l'existence de Dieu à cause des antilopes qui se font dévorer vivantes pendant deux heures dans les documentaires animaliers. Je comprends les souffrances des hommes, on nous a dit que c'était des épreuves morales, Dieu te teste et te fait progresser, c'est comme les différents tableaux d'un jeu vidéo, tu souffres, mais si tu survis, tu passes au tableau suivant et puis à la fin, tu affrontes le gros monstre balèze avec sa grande faux et sa capuche et c'est gagné et c'est fini, tu t'en vas sourire au paradis.

Je comprends moins les souffrances des animaux, le regard du chien juste avant l'euthanasie, les grands yeux interrogateurs de l'antilope pendant que les lions lui dévorent le ventre, ils ne grimpent aucune échelle morale. C'est de la souffrance pour rien et si Dieu existe, je me demande pourquoi il a inventé ça, à quoi ça sert d'avoir mal quand la douleur ne t'élève pas, quand tu restes à quatre pattes, au ras du sol, sans jamais regarder les étoiles.

Il y a toujours beaucoup trop d'air dans les églises et ce n'est jamais un air doux. Je suis le treizième dans la file d'attente pour l'Infini, et je ne vois rien autour de moi, je ne vois pas la bonne tête du prêtre avec ses joues roses et juste derrière lui, celles émaciées du Christ cloué sur sa croix en pin des Pyrénées. Je ne vois pas les vitraux modernes, les murs grèges, l'autel et son napperon blanc damassé et garni de dentelles, le calice et la grosse bible déguisée en grimoire. Je ne vois pas le type derrière le pupitre qui me sourit sous sa moustache drue, je ne vois pas ses lunettes rondes, sa guitare en bandoulière et sa calvitie qui luit sous le puits de lumière situé exactement à sa verticale, quinze mètres au-dessus de sa moustache.

Il est onze heures et des poussières et j'avance encapsulé dans une aube blanche, mon scaphandre du jour ; un air béat prend ses aises sur mon visage de préadolescent. Je n'entends plus rien, ni l'écho des chants psalmodiés par un chœur de matrones variqueuses, de vieux messieurs secs comme des menhirs ou de jeunes filles aux voix de crevettes translucides, ni le bruissement humide des chuchotements des parents, ni tout autour ce silence de piétinement, cet air qui pèse cent fois le poids des murs qui l'emprisonnent.

Mes sœurs aînées communient depuis quelques années. Je les ai regardées cent fois sortir des rangs pour gagner l'allée centrale, avec ce visage dur qu'on se sculpte pour cet instant-là, cette gravité minérale, et puis leur retour, les petits pas, la tête penchée, la démarche processionnaire, l'humilité, l'abandon, la mort du moi, et l'hostie qui fond dans leur gorge et moi, et moi, et moi, j'ai tout mon moi pour moi et la bouche vide de ce Christ que je n'ai pas le droit de manger, j'ai les bras ballants, je suis en guerre intérieure contre mon âge, contre les règles, je rumine dans mes poches, je serre les poings et je jure, bordel de Dieu, je jure.

J'ai longtemps essayé de soudoyer mes sœurs pour qu'elles me refilent un bout d'hostie, même un tout petit. Je leur promettais de débarrasser à leur place, de les laisser choisir le film du mardi soir (le seul jour de télé), mais je suis tombé sur une paire de saintes-nitouches incorruptibles, elles ne m'ont jamais cédé, elles ne m'ont jamais filé une miette de Christ, rien, queutchi, walou, « C'est pas un jeu Kolia, c'est pas un jeu ».

C'est un jeu et c'est mon tour, les filles. Je suis le treizième dans la procession, j'ai le cœur qui se rompt en petites sphères comestibles et mon sang brûle. Je vais bouffer du Christ. Je vais enfin savoir. Je vais communier. Eucharistie, me voilà. Le chœur s'est tu. Le prêtre répète des phrases que je ne comprends pas. La calvitie à moustache tapote du pied.

Le premier communiant de la file tend les mains pour accueillir dans ses paumes le précieux trésor. Il s'appelle Philippe. Il est nul aux billes, myope comme une taupe, gauche comme personne, on joue au trou, je gagne toujours, mais ses parents sont riches et le renflouent. Il a un début d'acné, une paire de loupes sur le nez et une tête emmanchée d'un long cou qui lui donne un air de héron bigleux envolé d'une fable de La Fontaine. Je révise la position de mes mains mentalement. J'ai peur de me tromper. La gauche au-dessus. La droite en dessous. Non, l'inverse. Je ne sais plus. Merde.

On n'a jamais été des fondus de l'église dans la famille. On y va rarement, la foi n'est pas un sujet, le doute et l'athéisme non plus. On est des croyants ultra-light avec filtre et flemme, petit sentiment d'obligation, peu de culpabilité. Moi, dans les églises, j'ai souvent les jetons.

Jésus qui saigne sur sa croix ne me met pas en confiance. Le marketing de l'église m'a toujours stupéfié. On y parle d'amour, mais on accueille le chaland avec de la souffrance brute, un type cloué et qui saigne. Et puis les personnes qui vont à l'église ne sont pas tellement plus rassurantes. Beaucoup de gens très vieux ou alors très tristes et souvent très vieux et très tristes, ça me fiche le vertige tous ces visages parcheminés qui prient sur les bancs, toute cette peur qui marmonne dans les travées. Moi, je me le jure du haut de mes onze ans, quand je serai vieux et seul, je communierai avec mon chat ou avec un paysage de bord de mer, j'irai pas me préparer au grand saut dans cette ambiance-là, avec ces condamnés-là, ça me fait vraiment trop peur.

Je ne connais qu'une seule prière, le Notre Père. Elle m'a essentiellement servi lors d'une colonie de vacances au ski parce que j'étais amoureux. Ce n'était pas une fille, c'était des yeux verts avec une fille tout autour. Elle skiait comme ses yeux, je n'arrivais pas à la suivre. Quand on prenait un tire-fesses, j'avais très peur de me casser la figure, de passer pour un boulet, alors la perche serrée sous le cul, le cœur serré sous le blouson, je récitais en boucle le Notre Père pour ne pas tomber. Et je tombais. Et les yeux verts se moquaient. J'ai souvent engueulé le Très-Haut. Ça ne lui coûtait pas très cher de faire tenir debout un gamin de dix ans sur huit cents mètres de dénivelé.

Mon père ne communie jamais, il dit qu'il aurait l'impression de tricher, vu qu'on n'y va quand même pas très souvent à l'église. Moi qui rêve de croquer une hostie, je trouve son attitude un peu légère, il ne se rend pas compte de sa chance. Ma mère brandit toujours son orthodoxie pour éviter la corvée et rester à la maison. On a tous été baptisés chez les cathos et inscrits au catéchisme pour faire plaisir aux parents de mon père, qui, comme tant de vieux, se sont transformés en grenouilles de bénitier en vieillissant. Babou, orthodoxe jusqu'aux bouts de ses Kool menthol, a négocié en contrepartie le mariage de sa fille, ma mère, rue Daru, sous les bulbes orthodoxes de Paris.

Le rite catholique n'a jamais cessé de m'emmerder alors que j'adore aller à l'église orthodoxe tester mon athéisme de temps en temps, lors des fêtes de Pâques, quand les chants en slavon me donnent l'envie de croire qu'il y a des causes aux causes et une raison à ma raison. Ça me dure le temps que durent les chants, je crois toujours plus fort à ce que je ne comprends pas.

Au catéchisme, on nous rappelle que les méchants sont méchants alors que les gentils sont gentils et on conclut que c'est beaucoup plus chouette d'être gentil, et puis on essaie d'apprendre deux trois choses de la vie du Christ pour comprendre les balbutiements de l'histoire de l'art. Je n'ai gardé aucun souvenir précis de ces cours de catéchisme. Un grand trou blanc avec, en fond sonore, la voix de chaîne rouillée d'une dame très parfumée qui me dit d'écouter un peu en clignant trop souvent des yeux, et puis aussi, bien sûr, comme sorti d'un songe, le décolleté de Marina, en troisième, juste avant qu'on ne me foute dehors pour toujours.

Encore deux personnes et c'est mon tour. Les dix premiers sont passés sans se tromper, ils ont exécuté à la perfection la subtile chorégraphie, une main au-dessus, une main en dessous, dépôt par le prêtre du précieux chargement dans la paume de la main gauche, ou droite (?), accompagné de la formule consacrée « le corps du Christ », un petit Amen en réponse, arabesque de la main droite, ou gauche (?), qui vient se saisir de l'hostie, intégration du Christ par absorption, communion verticale avec l'Univers tout entier, pas chassés et retour tête penchée vers les bancs où attend la fierté des parents. Philippe a déjà réintégré les bancs. Il a l'air heureux. Je ne peux pas savoir qu'une faille gigantesque vient de se creuser entre nous. Quand on décide d'aller à l'église, papa en profite pour chanter à tue-tête dans les travées, plus fort que tout le monde. Il met l'ambiance. Le prêtre est toujours à la fois heureux et inquiet de sa présence. Quand il part dans les graves, Jésus sur sa croix rêve de pouvoir tourner sa tête étonnée pour savoir qui dispose dans l'assistance d'un tel organe.

Les chants de mon père provoquent chez mes sœurs et moi-même un sentiment partagé qui oscille entre l'admiration, l'hilarité et la honte. Les trois éléments se sont fondus un soir de Noël, nous étions arrivés en retard, l'église était pleine et papa nous avait installés derrière l'autel, dans les stalles en bois sombre réservées au clergé, à la grande surprise du prêtre, qui n'a pas osé interrompre son office. Tout le monde nous regardait, peut-être cinq cents personnes, on était un peu comme ces gens qui disent coucou en arrière-plan lors du direct d'un journaliste du vingt heures. J'essayais de rentrer tout entier dans mes chaussures. Mon père prenait l'air pénétré du type qui est à sa place. Après un Alléluia un peu trop sonore, une de mes sœurs n'a pas réussi à réprimer un spasme nerveux, ça s'est répandu entre nous trois comme une traînée de poudre et ça a explosé d'un coup. Nous avons quitté l'église en courant sans attendre la naissance officielle du Christ, le ventre tordu de crampes, des larmes de rire plein les yeux, événement qui a longtemps agacé mon père, sous le prétexte qu'il chante juste. Ce qui est vrai.

Voilà, c'est mon tour. J'avance, pénitent.

Je pense à toutes les conneries que j'ai faites dans l'année et qui vont s'effacer dans une seconde. La patte cassée de Raspoutine : foutre un berger allemand au milieu d'un tourniquet, c'était pas une bonne idée ; piquer toutes les billes de Philippe, même si je n'ai pas triché, c'était presque du vol ; rigoler quand la fille la plus moche de la classe m'a laissé un billet d'amour dans mon cartable, c'était pas très classe. Je tends la main gauche. J'hésite. Et si c'était la droite ?

Le prêtre attend avec l'hostie dans la main. Le type à la guitare me sourit avec sa moustache, sa calvitie qui brille et son pied qui rythme l'air qu'il ne joue pas. J'hésite encore une demi-seconde et je décide de former un puits avec mes deux mains. Le sourcil gauche du prêtre s'élève même si tout le reste de son visage reste impassible. Je comprends qu'il apprécie peu la position de mes mains, mais c'est trop tard, le corps du Christ tombe dans mon petit puits de paumes.

La bouche du prêtre articule un truc, je n'entends rien, je dis Amen, je suis un robot communiant et le Christ ne pèse rien, c'est une plume de poussin, je la saisis entre mon pouce et mon index et je l'enfourne dans ma bouche.

Ça y est. Jésus est en moi. Je vais savoir.

Je marche la tête baissée, le dos courbé, les mains dans le dos, je prends un air triste comme il est requis. De loin, on dirait que je me recueille. C'est faux. Je suis juste en train de faire face à l'une des plus belles déceptions de ma jeune existence. Je mâche, je rumine, j'arrive devant mon père et mes sœurs, je ne dis rien, je leur en veux, ils auraient pu me prévenir.

Je ne ressens rien, aucune transformation, aucune légèreté, aucune rédemption, pas de pouvoir spécial, aucun impact sur les sens. Je vais passer les deux prochaines heures à attendre des effets secondaires, une sensation de chaleur, une distorsion de l'espace et du temps, quelque chose, mais rien, rien ne viendra, rien du tout. Jésus n'a aucun goût. Il est fade. Il colle aux dents. Et il fait moins d'effet qu'un pétard ou deux Doliprane.

Déçu, je regarde au loin Philippe qui sourit à ses parents à la sortie de l'église. Il a l'air heureux, confirmé dans sa foi, dans sa joie. Moi, c'est fini. Dieu n'existe plus. L'athéisme vient de remporter une première victoire décisive. Il ne perdra plus jamais. Il ne me rendra jamais heureux. Je lirai des centaines de livres, tous mieux écrits que la Bible, qui me confirmeront dans cette implosion sourde qui m'a balayé le ventre ce dimanche-là, quand Philippe souriait, quand je faisais la gueule. Il ne restera plus qu'à faire semblant quelques années, avant qu'un décolleté ne vienne par ricochet mettre un terme définitif à mes activités chrétiennes en troisième. On me dira, vous troublez les réunions. Je dirai, merci, au revoir. Marina sourira. Et ça sera vraiment fini. Mais ce jour-là, ce dimanche de première communion, j'aurais rendu à Philippe toutes ses billes pour savourer le goût du Christ, toutes ses billes pour y croire encore un peu.

Le diable a les yeux verts

Un type aux yeux très verts et aux cheveux très noirs, coupés au carré, me tapote l'épaule tandis que le soleil se couche sur la Méditerranée. J'ai dix-huit ans. Depuis une quinzaine de jours, je vis sur l'île de Bendor, à une encablure de Bandol, où je fais de la plongée sous-marine sans trop utiliser mon cerveau. On vient de finir de manger. J'entends encore le cliquetis des couverts sur cette terrasse baignée de lumière. On a bouffé du poulpe. Et ce jeune homme, que je n'ai jamais vu, me tape encore sur l'épaule ; je me retourne, il me sourit de toutes ses dents très blanches et me propose une cigarette que je n'ai jamais demandée. Grisé par un verre de rosé, les milliers de confettis brillants qui dansent sur la mer et l'étrange visage de ce type venu de nulle part, j'accepte. C'est ma première cigarette. Je ne reverrai jamais ce jeune homme. Je n'arrêterai jamais de fumer.

Le crime était presque parfait

Je vais tuer. Je descends les escaliers comme si j'allais commettre un meurtre. Il est minuit. L'heure du crime sur Canal Plus. On n'a pas encore de décodeur. À cette époque, le cryptage de Canal Plus transforme n'importe quelle image en tableau peint par Seurat un soir d'épilepsie. Un tableau vivant qui tangue, respire, un pointillisme nerveux qui froisse la toile.

Les marches grincent comme à chaque fois qu'on essaie de ne pas les faire grincer. Tous les escaliers en bois du monde sont des cafteurs. Les parquets, des collabos. Je descends quand même. Crac. Je me fige comme un setter irlandais devant une piste de sanglier. J'attends. Je renifle le danger. Rien. Je continue. Crac. Position de statue grecque. Silence. Attente dans le noir. Je continue. Crac. Saloperie.

La peur n'a pas de visage, ni de masque, ni aucun signe distinctif. J'agis par instinct. Je ne sais rien de ce qui m'attend. Je ne sais pas de quoi j'ai peur. J'en ai juste entendu parler au collège. Ce ne sont que des mots et je ne parviens pas à les associer à une image, à les voir s'animer, à leur attribuer des mouvements. Je suis à cet âge où l'on a un besoin vital de concrétisation.

Une fois l'escalier vaincu, je sens les marches dans mon dos me lancer des regards noirs. Des couteaux. Je transpire (ou j'imagine que je transpire). Raspoutine est allongé de tout son long dans le couloir. On dirait qu'il est mort. À chacune de ses respirations, j'ai eu le temps d'expirer trois fois. Le bout de sa langue rose sort de sa gueule entrouverte. Ses pattes sont agitées de spasmes. Il rêve d'une course dans le jardin à la recherche d'un bâton ou d'un jouet. Il y a pourtant bien longtemps qu'il ne court plus. Moi, je ne touche plus à mes Playmobil, au bateau pirate avec lequel j'ai conquis tous les océans, mes petites voitures Majorette, mes circuits de bagnoles TCR, mes trains électriques et même mon TGV orange pourrissent à la cave, mes billes dorment dans leur panier, mon Goldorak géant est remisé au magasin des accessoires avec ses petits missiles et son astéro-hache, et les cartes à jouer que je répandais sur le tapis de ma chambre comme autant de soldats de papier pour rejouer des batailles sanglantes sont enfermées dans un tiroir avec des scoubidous pas terminés et des yoyos cassés. Mes draps Rox et Rouky ont été échangés contre des draps bleu uni. Au mur, j'ai punaisé un poster de Depeche Mode. Ma voix a perdu trois octaves, j'ai des poils qui poussent, le torse qui se carène, des muscles inconnus sont apparus sur mes bras et mes épaules, ma mâchoire a perdu sa rondeur, mes arcades sourcilières sont moins douces, une petite boule dure monte et descend dans ma gorge quand je déglutis devant une paire de jambes et je joue moins avec Raspoutine, je joue beaucoup moins avec toi, vieux chien.

J'enjambe cette grosse peluche de Raspoutine et je me faufile sur le parquet du salon qui craque également. Quand mes pieds atteignent le premier tapis, j'ai le sentiment d'accoster sur une île après avoir bravé trois tempêtes. Je souffle, la peur au ventre : Raspoutine peut se réveiller à tout instant, une lumière pourrait s'allumer d'un coup, en haut, et anéantir d'un souffle mes efforts.

Enfin, mon pouce écrase la touche 4 de la télécommande et une onde infrarouge frappe la télévision qui s'embrase comme un feu rituel. Le tableau de Seurat est là. C'est rose, rouge, ça ondoie, ça chuinte, mon visage est éclairé par la danse des pixels, on vient de déchirer devant moi le monde en deux et je tombe.

Les images incrustent le fond de mes pupilles, elles s'agglutinent dans un amas de couleurs et déclenchent une rafale d'impulsions électriques qui restituent une scène surréaliste au fond de mon cerveau, lequel analyse la situation nouvelle et déclare sans attendre l'état d'urgence, la mobilisation générale, la guerre. C'est le chaos, les neurones explosent, des millions de liaisons se créent entre des cellules qui ne s'étaient encore jamais parlé, le cœur pompe comme un dingue, il écope mais il se noie, les poumons se gonflent, l'air entre en rafales, avis de tempête, mes narines s'élargissent, je décolle, le sang gicle dans les artères, inonde tous les espaces, un nouveau message nerveux m'enjoint d'ouvrir un peu niaisement la bouche, comme il convient chez un jeune homme dans une telle situation. On imagine très bien quelle bataille est en train de se jouer entre mes hanches et mes genoux. En revanche, on ne peut concevoir ce qu'il est en train de se passer dans cette case de mon cerveau, en haut, à gauche, derrière l'oreille : ma cellule de crise. Elle vient de se créer et se compose d'un entrelacs de neurones sélectionnés suivant des critères rigoureux. Ensemble, ils tentent de répondre à une question qui me préoccupe depuis des mois. J'ai essayé beaucoup de phrases, j'ai cherché des mots tout au fond de mon cagibi à vocabulaire, j'ai bouleversé la syntaxe, torpillé les conventions, tenté la poésie, la métaphore, et puis le dogmatisme et la science, et encore la sociologie et le jargon, j'ai cherché à paraître moins crétin, à tempérer la révélation, à expliquer les causes pour mieux mesurer les conséquences, j'ai essayé de noyer, diluer, étouffer, j'ai aussi testé la diversion, l'outrance et la grandiloquence, j'ai tout tenté, de la fausse érudition au verbe qui claque, j'ai cherché et je n'ai rien trouvé de mieux, de plus concis, de plus clair que ces dix-sept lettres réparties sur cinq misérables mots : par où sort le sperme ?

Cette question m'obsède et me rend fou. C'est une autre époque, un autre siècle, Internet n'est qu'une étincelle dans les yeux des militaires américains, et pour le jeune adolescent que je suis, ces images sont aussi rares que l'aluminium ou le poivre en 1567. Seules trois clés peuvent ouvrir la lourde porte de métal, titane pur, trois mètres d'épaisseur, cerclage en acier blindé, qui protège ce monde, ses fastes et ses plaisirs que la cour de récréation me promet : le bouche-à-oreille, les parents et les livres.

Orgueil et décence : il m'apparaît impossible d'en parler avec mes copains qui du haut de leurs trois poils pubiens me raconteront probablement des âneries.

Mes parents ? Plutôt être écartelé en place de Grève par quatre percherons devant une foule édentée que leur poser une seule question. Aussi inconcevable que d'accepter l'idée que le sperme puisse être éjecté par le même orifice que l'urine. Mon idéalisme s'y oppose. Je ne peux pas croire que la nature ou même Dieu aient été assez pingres pour faire couler par le même tuyau les résidus liquides de l'alimentation et le fluide de vie. Ce n'est pas possible.

Reste le livre. Un jour, mes parents ont laissé traîner une encyclopédie du sexe, éditée chez Larousse. J'ai fondu sur l'appât et j'ai commencé à compulser la somme. Tel un archéologue, je questionnais chaque image à la recherche du chaînon manquant. J'ai trouvé des réponses à des questions que je ne me posais pas, des questions que je ne pensais même pas possible d'être formulées. Tout était écrit, détaillé, schématisé, l'amour y était cartographié. Lire trois cents pages sur les différentes positions, du missionnaire à la levrette en passant par la pénétration latérale, la sodomie, la brouette japonaise, le tabouret à cinq pieds, le condor du Chili, la toupie rigolote, le 69, le 66, le 562, alors qu'on ne sait même pas par où sort le sperme, c'est comme parler du fonctionnement de l'océan à une goutte d'eau qui suinte au bout d'une stalactite. C'est effrayant.

Après avoir relu trente-huit fois l'encyclopédie dans les deux sens, je suis parvenu à la conclusion suivante : il n'y avait pas de réponse à ma question parce que personne d'autre que moi ne se la posait. Soit j'étais très con, soit j'étais un génie et tous les autres des imbéciles. La statistique la plus élémentaire m'isolait dans ma bêtise.

C'est ainsi que j'ai décidé de prendre le taureau par les cornes. D'après les milliers d'informations glanées dans la cour de récréation, j'ai compris que la théorie avait ses limites et que seul l'empirisme le plus extrême me sortirait de l'ornière : Canal Plus.

Mes yeux sont collés à l'écran. Je n'ai jamais vu un corps de femme nu. Je n'ai jamais vu une femme nue faire l'amour. Baiser. Sucer. J'en passe. Ça fait beaucoup. Ça pétarade dans tous les coins. Je perds le contrôle. Dans mon crâne, c'est la NASA, le jour du lancement d'Apollo 11. La fusée décolle. De la fumée sort des consoles, les boutons clignotent dans l'anarchie ; l'équipe de contrôle perd les pédales, les écrans implosent un par un, Apollo 11 part en vrille et pulvérise tout sur son passage, c'est la débâcle, l'apocalypse, tout se mélange, des explosions au napalm et la Walkyrie de Wagner en musique intérieure, des corps de femmes, des bites dures, des hanches souples, des bouches et des trous de toutes les tailles et les hélicoptères de Coppola qui brûlent tout, et tout au bout du bout du maelström, dans un ciel carbonisé, la fusée explose en mille éclats de verre qui s'incrustent dans la chair de ma cervelle, et je grogne de plaisir et Wagner est dissous par un colossal rayon blanc qui vient tout aveugler, un flash intense, multidirectionnel. Nagasaki, ma chérie. C'est fini.

Il se passe un certain temps avant que des décombres fumants ne se relève quelque chose qui ressemble à une conscience, une raison. Chaque seconde porte en elle un univers entier. Je laisse passer sans les voir quelques mondes, quelques civilisations, et puis, enfin, je trouve la force de sortir de l'hébétude.

Je me relève et je crois qu'une partie de moi reste assise avant de se dissoudre dans le salon à côté du fantôme de Wagner. Je rajuste mon pyjama. Quelque chose a changé et ce n'est pas dans l'air, ni dans les meubles, ni dans les circuits électroniques de la télévision que je viens d'éteindre. C'est en moi. C'est à la fois minuscule et ça prend toute la place. Je n'ai plus peur de la respiration lourde de Raspoutine, des crac que font les marches, de la lumière, en haut, qui pourrait s'allumer. Il me semble que je viens de devenir quelqu'un qui ressemble à un homme, une chose s'est brisée dans la banquise de mon enfance.

Avant de partir, je jette un dernier regard sur le salon, le tapis et la télévision. J'ai un drôle de goût dans la bouche, une saveur qui ressemble à du sang, et j'ai la sensation d'avoir tué. Je marche comme un criminel sûr de son coup, démarche chaloupée, sourire goguenard, plaisir égoïste de celui qui ne se fera jamais choper. Celui qui sait qu'il vient de commettre le crime parfait. Personne ne viendra pleurer la victime. Aucun flic ne se penchera sur sa dépouille. Aucun juge ne statuera sur cette affaire. Mon innocence gît dans un Kleenex au fond des toilettes.

73 secondes et des poussières

Le Politburo acceptait le principe d'un retrait des troupes russes d'Afghanistan. Laurent Ruquier commençait sa carrière sur une radio locale au Havre. Jean-Marie Bigard lançait ses premières saillies dans La Classe sur FR3. David Pujadas entrait au Centre de formation des journalistes. Pierre Desproges n'était pas mort. Et moi, je voulais devenir astronaute.

Amadeus se composait un succès sur grand écran, Chris Evert-Lloyd et Navratilova se crêpaient le chignon sur le Central de Roland-Garros. Nicolas Sarkozy avait trente et un ans, Chirac une mémoire, Nadine Morano était déléguée des jeunes RPR en Meurthe-et-Moselle. Et moi, je voulais devenir astronaute.

Les otages enracinaient leur désespoir au Liban. Philippe de Dieuleveult s'était évaporé dans le fleuve Zaïre, le *Titanic* venait d'être retrouvé 4 000 mètres au fond de l'Atlantique Nord, Daniel Balavoine s'était éteint dans les dunes du Sahara, Coluche inventait les Restos du cœur. Et moi, je voulais vraiment devenir astronaute.

C'était un de ces mardis d'hiver. J'avais treize ans. J'étais en quatrième 5. Dans la classe de Marina et Gaëlle. Les deux plus jolies filles du collège. La chance de mes treize ans. La chance d'un astronaute. Il ne se passait rien avec Marina et Gaëlle. Je les regardais beaucoup, c'est tout. À cette époque, je ne sortais pas avec les filles. Je sortais seulement de la classe de temps à autre, quand le prof exaspéré expédiait mes pitreries hors de sa zone d'éducation. Mes sorties en scaphandre dans les couloirs. Mais mes amis ne sortaient pas non plus avec Marina et Gaëlle. C'était ça qui était important. J'avais treize ans.

Ce mardi d'hiver, je revenais du collège, engoncé dans mon écharpe, dans le bus gelé, avec Sophie. Elle était jolie Sophie, aussi. Une nuque à tomber du ciel en oubliant son parachute. Mais elle était en troisième. Hors de ma zone d'éducation. Il était 17 h 30, ce mardi d'hiver. Et je voulais être astronaute. Dans ma combinaison, avec mon casque et ses reflets pleins de lune, j'aurais peut-être plus de chance avec Marina, Gaëlle, avec Sophie.

Mes copains avaient remisé au magasin des accessoires leur panoplie de pompier ou de pilote à sept ou huit ans. Pas moi. Du haut de mes treize ans, je continuais de rêver à de nouveaux mondes, je voulais avoir la tête à l'envers, toucher du doigt les espaces infinis, conquérir des terres inconnues et lointaines. Comme un damné, je regardais le ciel phosphorescent collé au plafond de ma chambre, j'apprenais les constellations par cœur, Cassiopée, Orion, le Bouvier, le Centaure, le nom des étoiles, Bételgeuse, Sirius, Aldébaran, je tutoyais Hubert Reeves et j'écoutais Jean-Michel Jarre en flottant au-dessus de mon lit.

Il faisait déjà nuit ce mardi-là. Je pressais le pas sur le trottoir de l'avenue Amélie, dans cette banlieue parisienne assez loin des étoiles. Mon père m'attendait à la maison. D'habitude, il n'était jamais là. Toujours par monts et par vaux. Mais ce jour-là, à cette heure-là, il était là. On allait regarder, ensemble. On allait rêver, ensemble. On était un père et son fils. On ne parlait pas avec des mots. On parlait en faisant la même chose au même moment. Jouer au foot, aux échecs. Ou bien, ce jour-là, en se carrant ensemble devant la télévision.

Il était 17 h 35. Ma chance, encore : la machinerie infernale avait été retardée de deux heures. Il faisait très froid en Floride ce jour-là. À cette époque, sauf quelques illuminés dans mon genre, tout le monde se moquait de ce type d'activités. Bondir hors de l'atmosphère, c'était banal, presque ennuyeux.

Il n'y avait plus de suspense, plus d'envie, plus d'enjeu. Pas pour moi. Pas dans mon cœur d'astronaute.

Dans la cuisine, excité, je dévorais mes gâteaux favoris, des Délice-Choc au chocolat noir dont la saveur me paraissait mieux s'exprimer avec un bon verre de Coca-Cola. Et puis, mon père m'a dit de venir dans le salon. Que ça allait commencer. On s'est assis sur le canapé, on a attendu le décompte : dix, neuf, huit, un jour, je serai astronaute, sept, six, cinq, j'aurai l'étoffe des héros, quatre, trois, deux, et vous verrez, Marina, Gaëlle, Sophie, vous verrez, je regarderai le monde d'en haut, un, zéro. Il était 17 h 38 à Paris et 11 h 38 en Floride.

Comme toujours, une effarante gerbe de fumée a jailli et puis, lentement, la machine s'est mise à défier la gravité, elle s'est arrachée du sol, d'abord très lentement, comme si elle se libérait d'une gangue de glace, et puis elle a accéléré vers le ciel, elle a crevé les nuages, elle allait toucher le soleil, et moi je ne touchais plus à mes Délice-Choc, je décollais avec elle, avec eux, avec les sept astronautes, avec l'institutrice embarquée à bord, je repoussais avec eux les limites du monde connu, je respirais difficilement dans mon casque, la sueur trempait mes tempes, j'avais une boule dans le ventre, des tonnes de dynamite au cul, mais j'étais heureux, j'étais un astronaute. Ma carrière a duré 73 secondes.

Dans son ascension fulgurante, l'engin a pris un drôle d'angle, il y a eu comme un flash. Il est longtemps resté imprimé sur mes rétines, et puis tout est devenu blanc. La carlingue a disparu dans deux gigantesques colonnes de fumée qui fusaient vers le ciel.

À la 74e seconde, mon père a analysé la situation. Il a dit : « Oh putain ! »

Je n'ai rien dit. Mes yeux sont restés rivés à l'écran, deux punaises plantées sur les ailes d'un papillon mort. Les panaches de fumée ont blanchi mon cerveau. Je n'avais plus rien dans la tête. Le Délice-Choc gisait par terre. C'était la première fois qu'une image de télévision dégoupillée en direct explosait dans mon crâne. Ce mardi 28 janvier 1986, après 73 secondes de vol et des poussières, la navette Challenger éparpillait dans le ciel de Floride la chance et la vie de sept astronautes, soufflait mes propres illusions et givrait dans ma mémoire mes treize ans. Finalement, je ne voulais plus tellement devenir astronaute.

Mille huit cent soixante

Mille huit cent cinquante-quatre. Je suis gardien au musée Albert-Kahn, dans les Hauts-de-Seine. Premier petit boulot. Mille huit cent cinquante-cinq. Chaque week-end et un mois pendant l'été, j'expulse de leur carré de paradis les gens qui voudraient profiter de l'herbe verte des jardins du musée : « Il est interdit de marcher sur la pelouse, s'il vous plaît », je répète cette phrase cent fois par jour, j'essaie tous les tons, directif, diplomatique, plaintif, fourbe, je suis un empêcheur de jouir en rond, le nazi du parc. Mille huit cent cinquante-six. Forêt bleue, jardin anglais, jardin japonais, je connais chaque millimètre carré de ce con de parc, j'y ai perdu des centaines d'heures, irrécupérables, à faire chier les gens en attendant chaque fois avec la même avidité la libération, la fermeture ; j'y ai compris qu'on pouvait être malheureux dans de jolis paysages et crever à petit feu en souriant. Avec mon petit badge épinglé sur le cœur, j'ai fait l'apprentissage de l'autorité, petit pouvoir de nuisance ridicule. Heureusement, je porte les cheveux longs comme Kurt Cobain, déjà suicidé, et personne ne me prend au sérieux. Mille huit cent cinquante-sept. Avec ma première paie, je me suis acheté des disques des Smiths et des Pixies. Mille huit cent cinquante-huit. Dans un an, je me ferai virer comme un malpropre par la directrice du musée, une trique à lunettes qui m'aura pris en flagrant délit de lire un livre assis sur un banc, double faute. Mille huit cent cinquante-neuf. En attendant, pour tuer le temps, je compte mes pas en faisant le tour des jardins. Mille huit cent soixante.

Les mots

Le vieil Antonov a décollé dans un nuage de poussière, laissant sous sa carlingue rétrécir Kaboul, son atmosphère électrique, sableuse, polluée, sa circulation infernale, ses attaques incessantes, son stress omniprésent, son chaos de parpaings, de fils barbelés, ses routes défoncées, ses mendiantes en burqas sales, ses check-points et ses hommes en armes. Et puis, très vite, le petit coucou blanc criblé de boulons soviétiques a atterri sur une piste de terre, dans un éden sec, rude, calme, perché à 2500 mètres d'altitude.

Un panorama strié de montagnes ocre et rouge percées d'habitations troglodytes, des canyons orangés veinés de coulées émeraude où courent des rivières d'eau pure : Bamiyan est un mensonge, un mirage de paix. Au loin, des champs de blé et de pommes de terre en fleur, des peupliers et dans la montagne la plus proche, deux grands yeux vides, les niches creusées dans le grès par des moines voilà mille cinq cents ans pour accueillir les gigantesques bouddhas réduits en miettes en 2001 à coups d'explosifs par les talibans. Des types fripés par les hivers interminables travaillent aux champs, des gamins pêchent dans les ruisseaux, d'autres font du pédalo dans le cobalt des lacs de Band-e Amir.

Il y a des paysages au-dessus des mots. Ces lacs d'eau claire, poissonneuse, profonde, dont les échancrures turquoise lèchent les rives, se succèdent par paliers ; ce sont des piscines à débordement, l'eau ruisselle et s'écoule en cascade, descendant chaque plateau à son rythme. Je m'assois sur une butte, j'écoute le bruit de l'eau qui dégouline et ce cristal liquide sonne à mon oreille comme une évidence, il réveille une idée, toujours la même quand j'entends de l'eau couler, au bord d'un ruisseau dans les Vosges, sur la rive d'un fleuve en Inde, ici, dans le cœur de l'Afghanistan, ou bien dans mon bain : le passé n'existe pas.

Que reste-t-il d'une idée puisée voilà vingt-trois ans dans un livre lu d'une traite un soir d'adolescence ? C'est une page de *Siddhartha* de Hermann Hesse, un bouquin lu pour la première fois à l'âge de dix-sept ans sur les conseils d'un professeur de français dont il faudrait parler un jour, on ne rend jamais assez hommage à ceux qui donnent. L'histoire d'un jeune homme qui se cherche, se perd et se retrouve, l'histoire d'une quête qui s'achève au bord d'un fleuve. Le héros écoute couler le fleuve et le fleuve lui raconte que le passé n'existe pas.

Pendant longtemps, je n'ai pas lu. J'étais ce petit garçon aux genoux éraflés qui soufflait sur un pissenlit et regardait s'envoler les akènes à aigrette de la fleur en imaginant des parachutistes américains sautant à l'aube d'un 6 juin pour libérer la France. Jusqu'à mes dix ans, je n'ai rien lu du tout, à part Diabolo le petit chat et un Oui-Oui consacré à la vanité : le grelot de Oui-Oui sonnait dès qu'il se montrait vaniteux. Mes sœurs dévoraient tous les livres de la bibliothèque rose, puis verte, dont leurs étagères étaient remplies. Moi, je dévorais mes Délice-Choc et je courais la tête vide dans le jardin, autour de la maison, avec mon chien Raspoutine, aussi érudits l'un que l'autre, tous les deux haletants, à la recherche d'un exploit, d'une aventure, d'une balle ou d'un bâton. Mes cinq années d'école primaire s'écoulèrent sans une page, sans l'ombre d'une ligne.

Je n'ai aucun souvenir d'histoire racontée pendant ma prime enfance par mes parents, mon père était en voyage, ma mère avait déjà pas mal d'autres choses à faire, les livres étaient là, sur les étagères, partout dans la maison, ce n'était vraiment pas une maison d'intellectuels, mais enfin ils étaient là, il n'y avait qu'à se servir. Pourtant je les trouvais inaccessibles, ou plutôt, je leur étais inaccessible, ils n'avaient pas encore accès à moi. J'avais des choses plus importantes à accomplir, marcher sur un étang gelé, me battre pour un vélo volé.

Par la force des choses, j'ai commencé à lire pour remplir mes obligations scolaires, au collège. Mais je prenais un soin fou à en lire le moins possible. Quand les professeurs ou mes parents me houspillaient, je déroulais un argumentaire tout à fait saugrenu, j'avais treize ans, mais que je jugeais original et auquel je croyais : « Je ne veux pas me laisser influencer par les écrivains, je veux découvrir le monde tout seul. »

Mes arguments ne touchèrent pas du tout ma professeur de français de cinquième. Je l'avais déjà sensibilisée à mes points de vue en commettant une rédaction décalée sur le sujet qu'elle avait écrit un matin au tableau, de son écriture ronde : « Le doute ». J'avais rédigé quelque chose d'un peu ironique sur le doute qui pouvait s'emparer d'un collégien mal réveillé obligé d'écrire dès potron-minet une rédaction sur un sujet pareil.

Elle ne goûta guère le sel de ma délicate plaisanterie (07/20), mais prit les choses en main ; il faudrait un jour parler d'elle, on ne rend pas assez hommage à ceux qui donnent. Madame Ducerf me donna beaucoup. Deux heures de colle, tous les mercredis de l'année, dès le mois d'octobre, « préventivement », « pour toutes les insolences à venir ». « Madame, avais-je tenté d'argumenter, vous commettez un double impair : d'abord, vous êtes injuste, vous punissez des fautes que je n'ai pas encore commises; ensuite, vous me donnez carte blanche pour mettre la pagaille dans votre classe puisque je suis de toute façon déjà puni. »

Madame Ducerf considéra que ma réponse validait son choix.

J'étais insolent, mais je n'étais pas rebelle. Tous les mercredis après-midi, je me soumis à la punition et me rendis donc dans la salle dévolue aux « collés » de la semaine avec un livre en poche imposé par Madame Ducerf. Je devais lire. C'était ma seule punition, la meilleure qu'on m'ait jamais donnée.

Les « colles » étaient gardées par Monsieur Gayret, prof acariâtre, violent, probablement alcoolique, sans doute très seul et malheureux, qui terrorisait tous les élèves, hurlait, tirait les oreilles, les poussait dans les couloirs. Il avait déjà été averti par la direction après avoir manqué d'étrangler un élève du lycée. Il avait des mains de tueur. Pour des raisons que j'ignore, mais sans doute liées à la récurrence hebdomadaire de ma présence, il se prit d'affection pour moi. Chaque semaine, j'arrivais avec un bouquin différent dans la poche. Il était curieux de ce que je lisais.

Comme les autres collégiens, j'avais très peur de lui et quand il venait voir quel livre je tenais dans mes mains, ses joues percluses de veines vermicelles et cramoisies rosissaient encore davantage. J'avais l'impression qu'un ogre tout en crocs venait se pencher sur mes activités de crevette translucide. Il semblait animé de bonnes intentions, mais j'avais du mal à percevoir s'il jouait la comédie pour mieux m'attraper par surprise et me broyer le cou avec ses mains de bûcheron ou s'il s'intéressait vraiment à ce que je lisais. C'était toujours le même manège, il passait derrière moi avec cet air de colère contenue mélangée de rictus indéchiffrables, marmonnait pour lui-même, souriait puis s'en retournait engueuler les autres. Il faudrait un jour parler de lui, on ne rend pas assez hommage à ceux qui donnent. Monsieur Gayret, un jour de février, me donna un conseil que je n'allais jamais oublier : « Prenez des notes. Si vous lisez sans prendre de notes, vous ne lisez pas. »

Madame Ducerf était assez satisfaite de sa stratégie. Elle m'avait exfiltré du monde de l'action et du jeu sans que je m'en aperçoive vraiment. J'aimais ce que je lisais, *Mon bel oranger* de Vasconcelos, *Le Lion* de Joseph Kessel, *Le Voyage au centre de la Terre* de Jules Verne, *Construire un feu* de Jack London, *Moby Dick* d'Herman Melville… Ces livres labourèrent la terre dure de mon esprit vide, mais rien n'était encore semé sur ces champs désolés balayés par le souffle de l'aventure.

Et puis, un jour, en troisième, comme tant d'autres adolescents attardés, je découvris celui qui changea tout : Boris Vian. Le livre était posé sur le bureau, dans la chambre de ma grande sœur Irina. Sur la couverture, un chameau traînassait sur une ligne de chemin de fer qui serpentait dans un désert tandis que les fumées noires d'une locomotive encombraient l'horizon. Ce fut un choc. Il fut à peu près concomitant avec ma première pelle et ne fut pas moins violent.

Dans le premier chapitre de *L'Automne à Pékin*, ce livre qui ne parle jamais de Pékin ni d'automne, la première œuvre de Boris Vian que j'eus la chance d'avoir entre les mains, l'écrivain raconte l'histoire d'un homme qui rate son bus et décide de se rapprocher à pied de son lieu de travail jusqu'à la prochaine station, en attendant le prochain bus.

Mais à chaque fois, pour une raison nouvelle, il manque son bus et décide de se rapprocher encore davantage. Arrivé à la dernière station avant son bureau, le héros réfléchit et considère qu'il est désormais stupide de prendre le bus pour couvrir une distance aussi courte. Projeté dans tous les livres que j'avais lus auparavant, le héros aurait fini son trajet à pied. Sous la plume de Vian, le héros rebrousse chemin pour s'éloigner suffisamment de son bureau afin de pouvoir prendre son bus.

Boris Vian pulvérisait tous les *a priori*, il était, par définition, imprévisible et je tournais chaque page en quête de la prochaine invention langagière. Je découvrais qu'il était possible de s'amuser en lisant, de tordre les mots pour en essorer le sens et son espièglerie d'ingénieux ingénieur me rendit fou amoureux.

C'était la première fois que je tombais amoureux d'une écriture : *L'Écume des jours*, *L'Herbe rouge*, *L'Arrache-Cœur*, les poèmes, les chansons, les bouquins signés Vernon Sullivan, tout me touchait, tout faisait mouche, j'ai tout lu, je l'ai lu tout entier Brisavion, Bison ravi, je suis même allé pister son fantôme au Tabou comme une groupie et j'ai pleuré sur son carré de gravillons anonymes au cimetière de Ville-d'Avray. Boris ne m'a pas seulement séduit. Il a jeté une bonbonne de gaz dans mon volcan intérieur. Maintenant, je devais lire. Après des années de sommeil, j'entrais en éruption. Mais par où commencer ?

Jusque-là, je n'étais jamais entré dans une librairie. J'avais peur des librairies comme j'avais peur des livres. À mes yeux, les librairies étaient des temples austères, les libraires, des moines érudits et effrayants ; il était évident que les libraires avaient lu absolument tous les livres qu'ils vendaient et il m'arrivait de scruter discrètement leur front, que je jugeais toujours bombé, en imaginant combien d'histoires dansaient là-dessous.

Encore aujourd'hui, si je parviens difficilement à chuchoter et à garder mon sérieux dans une église, je suis incapable d'élever la voix dans une librairie. Il m'a fallu beaucoup de force, et aussi beaucoup de peur, ce courage en gestation, pour demander un jour à une femme d'âge mûr aux cheveux courts et aux lunettes rondes ce qu'elle pourrait bien me conseiller comme lectures. J'avais seize ans, j'étais sincère et l'embarras de la libraire devant cette question un peu trop ouverte me restera en mémoire. Elle portait un parfum citronné qui se mélangeait très bien avec les odeurs de colle et la poussière des étagères. Elle me sourit et me proposa de lire Diderot, *Jacques le Fataliste*, ce que je fis aussitôt, en y prenant un plaisir incroyable. Je pensais que Diderot était un vieil auteur pénible enferré dans les problèmes de son temps, un encyclopédiste donneur de leçons que je pourrais lire pendant ma retraite en écoutant pousser mes tomates. Je découvrais un homme résolument moderne, hilarant, acerbe, que je relirais avec plaisir pendant ma retraite pour rester un peu plus jeune.

Dès lors, ma libraire aux cheveux courts devint mon dealer officiel. Chaque semaine, je revenais chercher ma dose et elle comblait méthodiquement les failles profondes creusées par une préadolescence de sportif joyeux mais illettré. Camus, Sartre, Lowry, John Fante, Flaubert, Kafka, Dostoïevski, Steinbeck, Oblomov, Fritz Zorn, Goethe, Romain Gary, Victor Hugo, je ne lisais pas, je suçais les os, j'aspirais la substantifique moelle, je ne dormais plus.

Hélas, un beau jour, pendant les vacances d'été, mon dealer a fermé boutique. Je n'ai jamais su pourquoi. La librairie est restée longtemps close et puis un magasin de lingerie a ouvert à sa place. Découvrir en lieu et place de mes livres chéris des mannequins en soutien-gorge provoqua probablement un traumatisme dont je ne mesure toujours pas aujourd'hui les conséquences. Soudain esseulé, je m'en remettais à tous les autres, les adultes, les amis, les rencontres, quels sont les dix livres qui ont été les plus importants pour vous, quels sont ceux qui ont vraiment compté, je posais la question sans hésiter, en déposant un bout de papier et un stylo devant eux, et je repartais avec ma feuille griffonnée dans la poche. Ce n'était plus un bout de papier, c'était un parchemin secret avec un plan pour dix trésors.

Il m'arrive encore aujourd'hui de demander à des libraires de me débusquer un nouveau trésor. Le dernier en date, *Jérôme*, de Jean-Pierre Martinet, chef-d'œuvre méconnu de la littérature française du XXe siècle, m'a été conseillé par un libraire du côté de Faidherbe, très étonné de mon inculture, juste avant mon départ pour l'Afghanistan. Il attend dans ma sacoche de cuir, dans ma chambre d'hôtel.

En attendant de reprendre sa lecture, assis sur une butte, devant une cascade fraîche et légère sous laquelle se baigne un Afghan souriant, j'écoute toujours l'eau s'écouler, j'écoute le chant de l'eau et je me rappelle le chant du fleuve dans *Siddhartha*, ce bouquin conseillé par mon professeur de français de première : le fleuve est partout simultanément, à la source et à l'embouchure, à la cataracte, au bac, au rapide, à la mer, à la montagne ; partout en même temps, et il n'y a pas pour lui la moindre parcelle de passé ou la plus petite idée d'avenir, seulement du présent.

Je me rappelle chaque mot de cette page 161 de mon édition de poche de 1984 et surtout de ces trois lignes qui ne se sont jamais évaporées malgré les années : « Ma vie est comme un fleuve, dit Siddhartha, l'enfant, l'adulte et le vieil homme ne sont séparés par rien de réel mais seulement par des ombres. Rien ne fut, rien ne sera. Tout est. Tout a sa vie et appartient au présent. »

« *Lisez-le* »

Les sales gosses qui n'ont rien lu pendant leur enfance ont toujours la chance d'aller au spectacle pour se rattraper un peu. Tous les matins, à 8 h 30, je me rendais avec mes sœurs dans la plus importante salle de spectacle du quartier : l'école. Un bahut privé de pères maristes avec trois terrains de foot, une forêt, un lac équipé de cygnes débiles profonds, un château, une chapelle, du sérieux, de l'application, un cercle des poètes disparus de banlieue, où l'on élevait plus ou moins droit des gosses de riches, des boursiers ou des fils de prof. Pendant des années, j'y ai admiré le jeu d'acteurs qui méritaient des statuettes et qui ne disposaient que de craies. Beaucoup m'ont ému, d'autres m'ont fait rire aux larmes, et tous m'ont appris quelque chose, même si ce fut rarement la matière qu'ils enseignaient.

Madame Ducerf. Monsieur Pradel. Madame Hutz. Monsieur Gayret. Madame. Monsieur. Les profs n'ont pas de prénom. Ils n'ont qu'un numéro à jouer et leurs noms de famille s'échangent début septembre dans les cours de récré, comme des sésames vers le savoir ou des promesses pour l'ennui.

Eux sont là, debout sur l'estrade, sous les feux d'une rampe invisible, pour toute une vie, et nous ne faisons que passer. Ils sont les Bill Murray d'*Un jour sans fin* scolaire : ils nous séduisent toute une année mais nous disparaissons en juillet et il leur faut tout recommencer, encore et encore.

Pourtant, ils savent bien qu'en partant, nous les emportons avec nous, un peu.

On quitte l'école pour la fac, la fac pour un boulot et l'ère des profs prend fin et le temps détricote ce qui a été cousu. Mais un jour, en vieillissant, on s'aperçoit qu'au fond, le canevas est intact, et on se demande quel professeur en est responsable, qui a le plus compté, qui a été décisif. Un piton émerge des limbes, un relief pointu où raccrocher son enfance, son parcours, sa vie. Pourtant, ce n'est pas un homme seul mais une équipe de saltimbanques, une vraie troupe de théâtre, à l'affiche pendant plusieurs années, qui fabrique un adolescent et, parfois, façonne un homme.

Je n'étais pas préparé à rencontrer Monsieur Quénot, professeur de sociologie et d'économie, trotskiste en imperméable beige, égaré dans cette école de maristes. Personne n'était préparé. Il m'appelait « gros Delesalle », il appelait tout le monde « gros », même les maigres, jouait avec une saine méchanceté son rôle de gauchiste acerbe qui éveille la conscience politique d'une jeunesse bien nourrie, nous parlait de Bertolt Brecht quand nous nous abrutissions devant *Top Gun* ou *Le Grand Bleu*.

Il était long et sec et un peu penché en avant comme Monsieur Hulot dans *Mon Oncle*. Il jouait au foot avec nous à la pause de midi, encore impeccable dans son interprétation de l'intellectuel à lunettes distribuant les conseils stratégiques, 4-4-2, 4-3-3, 4-2-4, 5-4-1, « Gros Delesalle, on avait dit défense en zone ! ». Il moquait nos boursouflures adolescentes, raillait nos jeans, « nos uniformes », en ricanant de sa voix nasale tandis que lui-même restait engoncé dans le même costume de passe-muraille tous les jours. À dire vrai, il se foutait de nos gueules, mais il nous découennait le cerveau. Et puis, parfois, il était drôle : un jour, alors que mon voisin de classe qui s'appelait Nicolas Debain et moi-même devisions pendant son cours, il nous mit à la porte tous les deux. Il laissa tomber ce couperet : « Delesalle Debain ! Dehors ! » J'ai applaudi en sortant de la classe.

Dans le rôle du professeur de sport quinquagénaire – bougon – au grand cœur, qui fumait deux paquets de gitanes sans filtre tous les jours, portait de grosses lunettes démodées et un survêtement même pour dormir, Monsieur Polly décrochait la palme sans effort. On s'habillait dans les vestiaires dans les odeurs de testostérone, de pieds et de sueur, et on entendait sa voix caverneuse gueuler depuis les couloirs : « Alors ! Vous vous dépêchez un peu ?! On va pas y passer la nuit ! » Il aurait pu jouer l'honnête homme qu'il ne faut pas trop enquiquiner dans n'importe quel film de Sergio Leone, il avait un corps félin, un peu voûté par l'âge, mais dessiné pour les grands espaces. Il parlait très peu tandis que sa femme, responsable éducative au lycée, hurlait comme un charretier, ce qui ravissait les élèves. Aucun sourire ne venait jamais fendre en deux sa tronche émaciée de vieil Indien, sauf accident, et alors il partait dans une quinte de toux et de rire à tout casser, surtout ses poumons. Je me rappellerai toujours sa voix quand, clope au bec, il nous engueulait parce qu'on ne courait pas assez vite.

Comme tant de collégiens et de lycéens, je me suis laissé vivre pendant ces années de spectacle sans une once de culpabilité. C'était le printemps permanent et il était hors de question de ne pas en profiter. Je n'ai jamais cherché à être le meilleur nulle part. Sauf en biologie, sauf l'année du bac, pour faire plaisir à Madame Roudreux, une petite et gracile Lauren Bacall en blouse blanche. Il y a toujours un prof dont tous les garçons tombent amoureux. C'était elle. Elle nous expliquait la photosynthèse ou la reproduction sexuée sans jamais se départir de son sérieux. Une fois, Benoît, pitre irrévérencieux, osa l'inviter au cinéma, devant tout le monde. Un léger hâle colora les joues de Madame Roudreux, mais elle ne se démonta pas : « Bien sûr ! Vous passez me prendre à quelle heure Benoît ? » Le grand morveux de seize ans qui n'avait pas son permis de conduire battit en retraite, rougissant à son tour. Elle m'a appris l'osmose, la mitose, la méiose, les chloroplastes, les mitochondries, la desquamation de l'endomètre et les chromosomes. Je n'ai rien oublié. Surtout pas sa fille.

Je n'ai jamais regretté d'entrer dans la classe de Madame Barthy. À chaque fois, elle y gagnait un nouveau prix, c'était du cinéma français, du film d'auteur, des problèmes, du glamour, pas de solution. Fin de quarantaine triomphante, elle portait des jupes fendues jusqu'au nombril, des décolletés vertigineux que nous commentions, dans le sillage de son parfum, très longtemps après la fin de ses cours d'anglais, pendant lesquels elle nous racontait sa vie en français en prenant des poses langoureuses dignes d'une pin-up des calendriers Pirelli. Ses déhanchements sur le bord du bureau nous mettaient mal à l'aise et à la fois en émoi. Nous ne parlions jamais anglais. Nous écoutions ses monologues, elle y conspuait tous ceux qui lui pourrissaient la vie ; ce n'était pas vraiment des cours d'anglais, c'était un aperçu mordant de ce qui fait la pénibilité d'une vie d'adulte. Pour être sûrs de ne jamais travailler, nous remettions régulièrement une pièce dans la machine en posant une question naïve : « Vous avez l'air énervée, madame ? » Et Madame Barthy répondait : « Ah, si vous saviez… »

Les profs sont souvent des pitres. Parfois, ils s'ignorent. Monsieur Willaume, professeur de mathématiques et de physique au collège, barbe joyeuse, ventre de père Noël, habillement approximatif, rabelaisien, le Doc de *Retour vers le futur* dans une version cassoulet, s'assumait. Il avait des méthodes pédagogiques médiévales (il hurlait), des joues couleur côtes-de-provence et une bonne humeur ronchonne qui explosait régulièrement, sans raison, en vociférations auxquelles plus personne, passé les vacances de la Toussaint, ne prêtait attention. Il faisait courir Raphaël, le plus cancre d'entre nous, dans les travées de la classe, en attendant qu'il trouve la solution d'une équation, « la course oxygène le cerveau », répétait-il. Il considérait que les filles étaient nulles en science et celles de ma classe devaient travailler deux fois plus pour être prises au sérieux tandis qu'un guignol de mon acabit décrochait les palmes académiques avant même de prononcer un premier mot. Au tableau, à l'élève qui le fixait sans savoir résoudre une identité remarquable du second degré, il hurlait en postillonnant : « La réponse n'est pas écrite sur mon visage ! » Les hurlements de Monsieur Willaume n'ont jamais traumatisé personne et je pense qu'aucune fille n'a abandonné une carrière scientifique à cause de lui. Il poussait des cris à blanc. Et assurait toujours le spectacle. Parfois, tandis qu'il écrivait au tableau, il se figeait au milieu d'une équation, se retournait aussi vite que son embonpoint de bon vivant le lui permettait, et nous demandait dans un clin d'œil : « Sens dessus dessous, je vous l'ai fait celui-là ? Sens dessus dessous, il est extraordinaire ! » Il nous l'avait déjà racontée dix fois cette histoire-là, mais il s'en moquait. Il grimpait alors sur son bureau avec ses chaussures aux pieds et déclamait hirsute son sketch préféré de Raymond Devos, son héros, pendant dix minutes. Tout le monde riait. Et Raphaël applaudissait.

Madame Kanjounzeff, la professeur de russe, était moins spectaculaire, mais avait son style à elle, fait de dessins incompréhensibles crayonnés au tableau et d'oublis permanents. Elle oubliait ses cours, ses clés, ses lunettes sur sa tête. J'éprouve toujours un sentiment de culpabilité rétrospectif quand je repense à celle qui tenta en vain de m'apprendre la langue de ses ancêtres pendant cinq ans et me ficha hors de sa classe assez régulièrement. Elle craignait tant de m'avantager qu'elle préférait se montrer trop sévère. Mes sœurs mirent un point d'honneur à être les meilleures du cours de russe. Je ne mis aucun point d'honneur à m'en faire éjecter, mais y parvins tout de même. Aujourd'hui, je regrette parfois de ne pas avoir été une fille ou simplement un garçon plus malin, ce qui revient au même. Madame Kanjounzeff dut supporter beaucoup d'humiliations avec aplomb et notamment les regards faussement compatissants des autres professeurs lors des conseils de classe, quand on citait mon nom et qu'elle devait sortir. Pardon maman.

Injustice : je n'ai jamais été aussi attentif qu'en écoutant les explications de Madame Boileau, générale de Gaulle aux commandes de nos cours d'histoire, bien qu'elle ne fût pas ma mère. Prestance granitique, logique implacable, précise, aiguë, sans ostentation, un air de Résistance, un mélange de Lucie Aubrac et de George Sand déguisée en prof. Pas de séduction, du travail. En septembre, quand on annonçait aux autres qu'« on avait Madame Boileau », un silence à la fois envieux et respectueux ricochait sur les murs des couloirs. Quand elle nous commandait un exposé, nous partions en mission de combat pour sauver la France. Elle a dû structurer pas mal de cerveaux dans sa carrière, mais a hélas échoué avec le mien.

Monsieur Duvernay y serait peut-être parvenu. Il était dessiné par Gotlib : d'abord une tête énorme et puis si on regardait bien, si on faisait attention, un corps aussi, juste en dessous. C'était un point d'exclamation inversé, un point d'ironie qui marchait à toute vitesse sur le trottoir entre l'arrêt de bus et le collège tout en conservant une forme d'élégance verticale, avec son éternelle mallette de cuir, son parapluie et sa veste en tweed, été comme hiver, un flegme anglais mais un esprit français. Toutes les filles tombaient sous son charme, c'était énervant, mais ça donnait des idées aux garçons. C'est en écoutant les filles parler de ce maître de la langue que l'on comprenait à quoi pouvaient servir les mots, aussi. Il donnait des listes interminables de verbes à ses élèves pour les aider à remplacer le verbe « faire » ; surtout, il leur demandait de réfléchir, pas de tout gober. C'était, en vérité, un formidable professeur de français. Hélas, je n'ai fait que partager le bus avec lui. Il s'y tenait droit, toujours distant et silencieux. Il m'impressionnait. Mes sœurs avaient la chance de « l'avoir eu », comme disent les élèves, et elles me racontaient, énamourées, quel incroyable professeur il était. Un jour, un petit malin posa sur l'estrade une crotte de chien en plastique. Les élèves de quatrième rigolaient. Lui ne s'est pas départi de son flegme. Il s'est simplement lancé, imperturbable, dans un monologue philosophique sur les différents états de la crotte. Les élèves, dont ma grande sœur, en restèrent bouche bée. Il était sarcastique, mais il a labouré de livres ses élèves, le *Léviathan*, *Le Désert des Tartares*, *Madame Bovary*, *Le Père Goriot*, *Le Loup des steppes*, *À l'Ouest, rien de nouveau*. Il y a aussi des profs dont on se souvient parce qu'on ne les a « pas eus ».

J'adorais encore les longs regards silencieux que l'on partageait avec Madame Rodh, ma professeur de français de quatrième. Très jolie femme aux longs cheveux noirs, aux yeux bleus, à la patience infinie et aux seins lourds. Mon oncle Igor fit sa rencontre lors d'un voyage organisé en URSS durant l'année scolaire par ma mère. Pendant leur relation, mes copies ont permis à Madame Rodh d'exprimer ses points de vue sur l'état de sa liaison en cours avec mon oncle. Quand tout allait bien, j'avais de bonnes notes, quand mon oncle était pénible, j'étais moins bon. Je transmettais à mon oncle les notes et les messages y afférents. J'aimais bien ses silences et ses regards parce que je pouvais y laisser vagabonder mon imagination.

Je pourrais continuer cette liste longtemps. Chacun pourrait la prolonger à l'infini. Aucun professeur ne laisse indifférent, tous donnent quelque chose que nous emporterons jusqu'au caveau.

Il en est un qui, sans le savoir, m'a donné encore davantage. Monsieur Cerchiari, professeur de français franco-italien doloriste, un peu chiite dans ses manières, un peu Sisyphe dans ses sourires, il donnait l'impression de porter tout le poids du monde sur ses épaules sans pouvoir faire autrement et affichait le visage anéanti de l'Italien qui découvre que les pâtes ne sont pas *al dente*, encore. Évidemment, toutes les filles étaient folles de lui.

J'ai croisé cet ombrageux érudit dans le premier tiers de sa carrière, il a connu des centaines d'élèves avant moi, des milliers après. Il ne doit avoir aucun souvenir précis de moi. C'est pourtant mon piton, mon repère. C'est comme ça, Monsieur Cerchiari, on ne choisit pas, ni vous, ni moi. Il entrait dans la classe, c'était la pagaille, les élèves ne s'apercevaient même pas de sa présence, il ne disait rien et écrivait sur le tableau : « Attention, le professeur est là. » Et le silence se faisait. C'est le seul prof qui, je crois, savait user d'humour pour convaincre ses élèves d'étudier, un clown triste qui, parfois, entre deux traits d'esprit, laissait courir son regard mélancolique à travers les vitres de la salle de classe. Il me touchait, ses blagues et ses failles, son orgueil et sa repartie. « Ce n'est pas vous qui valez cette note-là, c'est votre copie », disait-il aux élèves effondrés. Il avait en lui une grande violence et une grande douceur et les deux étaient entremêlées dans un ressort comprimé qui se détendait devant nos yeux émerveillés quand il se lançait dans une tirade brillante sur un auteur qui lui tenait à cœur. Il fut l'un des seuls à écrire des trucs gentils sur mes carnets.

Un jour, il entra dans la classe avec cette tête d'Italien triste que nous lui connaissions si bien. Cette fois-là, nous étions sages, mais il ne desserra pas les lèvres et avant de poser sa sacoche et d'ôter son manteau, il écrivit simplement à la craie au tableau : « *Siddhartha*, Hermann Hesse. » Et, sans autre explication, lâcha dans un filet de voix : « Lisez-le. »

L'herbe coupée

Je suis assis dans un canapé. Je ne fais rien. Je ne lis pas. Je ne joue pas. Mes pensées ne s'accrochent à rien. Je me contente de respirer. La fenêtre est ouverte sur le printemps. L'air est doux, le cerisier en fleur.

Mes sœurs sont en haut, occupées à des trucs que font les adolescentes quand elles sont dans leur chambre. Elles se maquillent. Elles écrivent des machins. Elles font des choses. Je ne sais pas précisément quoi, je n'ai jamais été une adolescente.

Ma mère parle au téléphone avec ma grand-mère, Babouchka. On l'appelle Babou. C'est un phénomène avec des yeux bleu glacier, très clairs, des cheveux blancs qui tournent parfois au violet et une humeur uniforme et anthracite. Gamine perdue dans les horreurs de la Révolution russe, mannequin en France dans les années vingt, divorcée d'un prince tatar puis remariée dans les années trente avec le grand-père que je n'ai jamais connu, Samuel, puis veuve inconsolable dans les années cinquante. Depuis, elle fume Kool menthol sur Kool menthol, prend des médicaments par poignées, et noie le tout dans du whisky. Chaque été, c'est le même rituel. Tous les matins après les tartines et le lait au chocolat, mes sœurs et moi montons chacun notre tour dans sa chambre lui dire bonjour ; elle est allongée dans son lit de désespoir, avec ses bigoudis enroulés sur la tête. On se penche, on l'embrasse sur la joue et à chacun, à l'oreille, elle glisse le même petit mot : « Tu es mon préféré. » Puis, nous sommes priés de déguerpir. Elle ne réapparaît jamais avant midi, toujours pomponnée comme une princesse, part s'allonger dans une chaise longue incroyablement sophistiquée et se met à lancer des cailloux sur les deux colombes qui picorent devant elle. Mon oncle les a offertes à ma sœur pour son anniversaire, avec une grande cage blanche, mais on a pris l'habitude de les laisser baguenauder sur la terrasse en liberté. Babou ne supporte pas que les colombes se contentent de marcher. « Les oiseaux, c'est fait pour voler ! » dit-elle avec son irréductible accent russe en lançant ses cailloux. Régulièrement, Colette, sa dame de compagnie, lui lit à haute voix des bouquins Harlequin. Elle est aussi ronde que ma grand-mère est sèche, elle a une voix perchée et les demi-lunes posées sur son nez lui donnent un air de chouette. Babou l'écoute les jambes croisées, le pied nerveux, l'œil perdu, en jouant avec son dentier. Parfois, pendant que Colette s'époumone sur la façon dont Megan résiste au charme magnétique d'Alex pour sauver sa famille, Babou attrape un autre Harlequin et plonge dans l'histoire de Rachel, pauvre étudiante qui affronte les avances d'un homme qu'elle méprise. Rachel et Megan se disputent ainsi la mauvaise humeur de ma grand-mère tandis que Colette rougit en s'entendant lire des histoires qui ne sont plus de son âge et que Babou n'écoute pas.

Au téléphone, ma mère et ma grand-mère échangent une espèce de sabir franco-russe truffé de virgules, de plombages, de pivots, de rustines, les deux langues s'enroulent et s'entraident, pallient l'une l'autre les manques de chacune.

Elles ne disent rien d'important. Elles parlent.

Mon père est dans le jardin. Ou le jardin est dans mon père. Quand il entreprend quelque chose, il s'y emploie sans aucune économie d'énergie. Il est couvert de terre et des milliers de brins d'herbe sont collés sur sa peau griffée par des ronces. Il n'y a pas de ronces dans le jardin, mais mon père sait se débrouiller. Je l'ai déjà vu fendre une méduse blanche en deux parties, sans le faire exprès, juste en plongeant dans l'océan Atlantique. Il s'était relevé dans un nuage d'éclaboussures, en hurlant et en tenant son visage entre ses mains. Les deux parties de la méduse s'éloignaient l'une de l'autre tristement. C'est dire s'il a de l'expérience.

Il sue comme s'il venait d'ouvrir une piste au couteau suisse dans la forêt primaire du bassin du Congo. C'est pourtant un petit jardin de banlieue avec un grand laurier, un cerisier moyen, un petit oranger du Japon et un bassin en béton gris pour poissons rouges. Les poissons sont loués avec la maison. Ils ne le savent pas. Ils pensent que l'Univers est contenu dans leur bassin, créé par un dieu poisson rouge qui leur distribue aussi des flocons de toutes les couleurs, comme des confettis.

L'effort vrille le visage de mon père. Vient-il de tuer une famille de boas constrictors à mains nues ? Non, il a juste tondu la pelouse. Du point de vue des insectes, des pissenlits et des marguerites, c'est un génocidaire. Du point de vue des poissons rouges, c'est une colère du dieu des poissons rouges. D'un point de vue humain, c'est pas trop tôt.

Je repense à cette journée de juin alors que le taxi roule dans les rues enneigées de Budapest. Je peux pourtant encore sentir le parfum de l'herbe fraîchement coupée. Dehors, des plaques de glace sont en train de se souder sur le Danube. Le chauffeur allume la radio : *How Deep Is Your Love* des Bee Gees. Pourquoi un souvenir qui n'avait aucune aspérité, un moment minuscule qui aurait dû rejoindre l'immense cimetière des minutes oubliées, s'impose à nous ? Il doit y avoir une drôle de magie neuronale qui fait que certains instants restent cramponnés là, sous le front, comme des grenouilles sur d'autres grenouilles, à la saison des amours.

Comme cet autre soir dans la cuisine, où l'on mangeait de la soupe au cresson. Les cuillers cognaient le fond des assiettes creuses. J'ai tourné la tête vers la fenêtre et j'ai dit : « Tiens, il neige ! » On s'est levé, tout le monde a dit « Ah oui, il neige ! », et on s'est rassis pour finir notre soupe. Et c'est tout. Pourquoi je me souviens de cet instant-là et pas des centaines d'autres soirs où l'on a mangé de la soupe au cresson, et des dizaines d'autres où il a neigé deux centimètres d'enthousiasme dans la cuisine en bois clair ? Mystère. Mais ce jour de printemps où j'étais dans le canapé, il ne se passait rien. Je ne faisais rien. Ni lecture, ni jeux, c'est à peine si je respirais. Mais il y a ce point infinitésimal planté dans la courbe de l'espace-temps, enregistré pour toujours, imprimé, plié, cacheté, rangé avec soin sur les étagères en contreplaqué défoncé qui occupent les galeries les plus profondes de ma mémoire.

Mon père entre dans la maison. C'est un ouragan. Il me demande si je peux ratisser l'herbe coupée. J'opine du chef. Je ne suis pas encore un ado, ça ne me fatigue pas encore. Je suis pétri de naïveté. J'aime élever de jolis tas d'herbe, et voir Raspoutine, le jeune berger allemand à poil long et à idées courtes mettre le désordre dans mes travaux. J'aime l'odeur de l'herbe et les bonds de Raspoutine qui se prend pour un cabri, et puis j'espère que bientôt mon père m'autorisera à tondre aussi, comme un grand.

Le taxi s'approche de la patinoire naturelle près des bains Szechenyi. D'immenses projecteurs éclairent des centaines de bonnets qui tournicotent sur la surface immaculée. C'est un janvier de bande dessinée blanche et joyeuse, une planche de *Où est Charlie ?*, avec des centaines de Charlie. À la radio, les Bee Gees continuent de sonder la profondeur d'un amour.

Quand il jardine, mon père aime s'habiller comme un scientifique de haut vol : tee-shirts improbables, chaussettes blanches, pantalons interdits par la Convention de Genève. Ce jour-là, il porte un tee-shirt estampillé Roland-Garros 1983, l'année de la victoire de Yannick Noah. J'avais raté le match. J'étais au Salon du

Bourget et je regardais les avions voler avec l'œil brillant et la truffe humide. Mon père se lave les mains dans la cuisine. J'entends l'eau qui coule. La voix de ma mère en russe. Les oiseaux qui chantent des trucs pour draguer dehors. L'ahanement de Raspoutine qui vient d'entrer dans le salon avec sa langue qui pendouille comme un organe indépendant. La musique assourdie que l'une de mes sœurs vient de balancer dans sa chambre.

La vapeur des bains Szechenyi emmitoufle les bâtiments ocre dans une brume de film d'épouvante. La lune éclaire tout ça sans y prêter vraiment attention. Pour elle, ce n'est qu'un hiver de plus. À l'arrière du taxi, je suis en plein printemps.

Mon père revient de la cuisine ; il grogne en levant la tête vers le plafond, comme si cela pouvait faire cesser les badaboum assourdis qui proviennent de la chambre du haut. Il souffle, s'accroupit devant la chaîne stéréo Philips, cherche un trente-trois tours et dépose sur la platine un disque des Bee Gees. Le diamant glisse sur la galette noire, le son grésille et les voix des trois frères Gibb envahissent le salon : *How Deep Is Your Love*.

Le taxi se gare devant les bains. En sortant du véhicule, j'entends la neige craquer sous mes pompes en cuir. Je me change dans les vestiaires du vieux bâtiment, je marche en slip de bain dehors sur la pierre gelée, rentre le ventre et plonge dans l'eau bouillante, perdu dans le brouillard. Au-dessus, la lune pionce dans son lit plein d'étoiles. Je barbote, ferme les yeux et respire exactement comme ce jour-là, quand mon père a mis sur la platine les Bee Gees.

Ma mère râle en français qu'elle n'entend plus rien. Reprend sa conversation en russe. Mon père baisse le son. Il y a un peu de vent. Je sens l'air tiède caresser ma tête. Ma sœur Irina descend quatre à quatre les escaliers. Elle apparaît en tenue légère, maquillée comme une trottinette volée. Elle part rejoindre « une amie ». Elle ressemble à une femme en miniature avec quelques détails qui laissent percevoir que l'enfance refuse de s'enfuir tout à fait. J'entends un « au revoir » sonore et joyeux. La porte claque. Le chien se redresse. Tous les chiens sont nerveux. Raspoutine est un chien. Ma mère papote encore. Mon père part prendre sa douche en reprenant *How Deep Is Your Love* à tue-tête. Les murs tremblent. Je suis sur le canapé. Il ne se passe toujours rien. Si ce n'est ce détail qui dilate peu à peu mes pupilles. Pour la première fois, sans m'avoir demandé mon avis, mon cerveau a saisi toutes les particules qui m'entouraient, il les a pesées, en a fait la somme, il a intégré toutes les inconnues, mesuré la température, l'hygrométrie, la pression de l'air, le timbre de voix de ma mère, le chant de mon père, les rythmes dans la chambre du haut, le sourire d'Irina, la langue pendante du chien, l'herbe coupée, le soleil, les poissons, le vent tiède, il a fait des schémas, résolu des équations matricielles et tout au bout de ses calculs, il m'a dit, avec cette condescendance des cerveaux sur leur propriétaire : « Tu es bien, Kolia, vraiment, tu es bien. »

Ce n'était pas la première fois que j'étais bien, c'était la première fois que je le comprenais. Et je suis entré de plain-pied dans le temps, un peu comme quand on plonge enfin dans l'eau fraîche de l'océan après avoir mouillé ses pieds, en hésitant pendant des plombes dans les vaguelettes de la prime enfance. J'ai compris que j'étais bien. J'ai compris que j'étais content d'être bien. J'ai compris que c'était fragile, éphémère, un instant, jamais une vie, un hasard, jamais un dessein.

Je suis bien, c'est aussi ce que je me dis à Budapest, dans l'air gelé et l'eau bouillante des bains Szechenyi.

Facteur 3

Mon cousin court dans la prairie. Il fonce vers l'objectif et moi je suis immobile et tremblant. Une bise tiède penche les fleurs sauvages et les herbes hautes. J'ai peur. Jusque-là, on a toujours échoué. Ce n'est pas faute de minutie, de travail, d'abnégation. On ne laisse jamais rien au hasard. Mais à chaque fois, ça foire. Quand on arrive près de la petite capsule jaune, on ouvre et puis on serre les poings de rage. Facteur 3.

On a bien progressé sur la partie propulsion, un mélange subtil de salpêtre (nitrate de potassium) et de sucre blanc (glucose) qu'il a fallu équilibrer tout au long de nos expériences. Moi, je me suis détruit les doigts en grattant les vieux murs de l'étable pour récupérer le salpêtre. Mon cousin, plus âgé, s'occupe toujours de la construction. La première fusée était constituée d'un morceau de bambou renforcé par des plaques métalliques et équipé d'ailerons en carton dur. Avec le temps, on a fini par comprendre que tout ça pesait beaucoup trop lourd. On a viré le métal.

L'allumage est à la fois sommaire et élégant. Une courte mèche reliée au fil dénudé d'un boîtier de commande de train électrique. On tourne le bouton. La décharge enflamme la mèche qui embrase la poudre. Au début, on mettait trop de sucre et pas assez de salpêtre. On a perdu pas mal de fusées, explosées aux quatre coins de la prairie.

Nos pères gueulent souvent qu'on va foutre le feu. Ils n'ont pas tort. On a dû éteindre une demi-douzaine de débuts d'incendies. Les mères ne disent rien. Faut dire qu'elles ne sont jamais là quand on tire les fusées. Tout notre programme spatial dépend de leurs absences.

Mon cousin vient de s'arrêter de courir. Il est à cent mètres de moi. Je vois ses cheveux bouclés agités par le vent. Dans le ciel, la fumée du vol se disperse assez rapidement, créant des volutes blanches qui tracent de belles figures. J'aime bien lancer les fusées les jours de vent parce que la fumée au cul de nos petits missiles dessine des nuages graciles et éphémères. Mon cousin reste immobile un instant, juste assez longtemps pour que ça me paraisse une éternité. Qu'est-ce qu'il fout ce con ? Il s'agenouille enfin. J'ai la gorge sèche et les mains moites. Il doit y avoir un tuyau qui relie la gorge et les mains et qui répartit l'humidité des corps en phase de stress intense.

Il s'appelle Aliocha, mon cousin, il a cinq ans de plus que moi, c'est une tige tout en muscles et en nerfs, il m'a initié à l'astronomie et j'écoute tout ce qu'il me dit. Un jour, il est entré dans ma chambre avec les plans d'une navette spatiale dessinés par sa main précise de futur ingénieur en électronique de pointe. « Qu'est-ce que c'est ? » avais-je demandé en lâchant mes Lego. « C'est bientôt la troisième guerre mondiale, on ne verra jamais l'an 2000, il faut quitter cette planète alors j'ai dessiné les plans d'une navette pour se tirer. »

Il était très sérieux et son plan était d'une précision diabolique : compartiment de vie, réacteur nucléaire, réserve d'eau, jardin potager, bouffe lyophilisée : « Il faut qu'on trouve une autre terre, celle-ci est fichue, tout va péter. » Je l'avais écouté attentivement, pour sûr, c'était une mauvaise nouvelle, et puis j'avais étudié ses plans en fronçant professionnellement les sourcils. Un truc important manquait à sa navette : « Ils sont où les lasers pour se battre ? » Il m'avait lancé le regard hautain de l'adulte sévère mais magnanime et avait ajouté, pour mon plus grand plaisir, deux petits traits figurant des canons laser sur le nez de la navette.

Il y a très longtemps, deux semaines peut-être, on a enfin réussi à faire décoller une fusée. Cent mètres de haut. Parachute en sac Prisunic au bout de la trajectoire. On s'est sauté dans les bras. Le parachute s'est déchiré et la fusée est tombée comme une pierre volcanique à dix mètres de nous, mais on était tellement contents. On a vite résolu le problème du parachute en sacrifiant la toile d'un gros cerf-volant. Trois tirs plus tard, on a récupéré notre fusée après un vol magnifique. On a bu du Coca-Cola et dévoré des Pépito pour fêter ça. J'ai mis de la Biafine sur le doigt brûlé au moment de l'allumage. Les pères ont dit bravo les gars. On n'était pas peu fiers. Les mères n'en ont jamais rien su et franchement c'est pas plus mal.

C'est quand on est passé aux vols habités que ça a commencé à vraiment déconner.

Pour la partie habitable, on a utilisé une capsule Kinder. On a installé un tapis de mousse dedans. On voulait quelque chose de confortable. On a même creusé un petit hublot avec un peu de grillage devant. On n'est pas des sauvages. J'ai voulu décorer la capsule avec des étoiles, mais mon cousin m'a dit : « T'es fou, on n'est pas des filles. »

Et puis on a installé dans la capsule jaune notre premier astronaute. Une sauterelle. On l'a choisie robuste. La sélection a été rude, surtout pour les premières. De longues pattes vertes, de belles antennes, un gros abdomen, un large thorax : voilà les qualités requises pour devenir astronaute quand on est une sauterelle.

Une fois installée, la première sauterelle nous a regardés à travers le grillage du hublot. On l'a baptisée Laïka 2. Je ne me souviendrai sans doute pas toute ma vie du dernier regard de Laïka 2, mais il y avait du défi et de la crainte dans ses têtes d'épingle. Comme si elle savait qu'elle avait deux cents grammes de poudre au cul.

On a accroché le parachute plié à la capsule et puis on l'a installée dans le nez de la fusée, un dôme en plastique déniché dans les jouets des plus petits. Quand on a récupéré Laïka 2 après le vol, on était aussi tristes que les ingénieurs de la NASA quand ils ont perdu Apollo 1. Je ne peux pas décrire l'état de la sauterelle après ce premier vol habité.

Ça fait cinq minutes que mon cousin est agenouillé. Je ne vois plus que ses cheveux dépasser des herbes hautes et des fleurs sauvages. Je me demande ce qu'il fiche, c'est quand même pas bien compliqué d'ouvrir une capsule Kinder. Je dois plisser les yeux parce que le soleil est quasiment suspendu au-dessus de l'horizon et éblouit toute la prairie. Et puis enfin, mon cousin se relève. Il se retourne. À cette distance, je ne vois pas bien les traits de son visage, mais je devine à sa silhouette que ça ne sent pas bon. Et puis il crie.

Je n'entends pas vraiment ce qu'il dit, parce que le vent déporte sa voix au fond du champ, mais je comprends quand même. Je serre les dents, partagé entre l'abattement et la mélancolie. Faut pas se mentir. On a perdu beaucoup de sauterelles. On a multiplié les tentatives. On en a bouffé des Kinder. À chaque fois, ça me fait mal au cœur et je ne sais pas si c'est à cause du chocolat ou à cause des sauterelles.

On a longtemps essayé de comprendre pourquoi nos sauterelles ne survivaient jamais. Je consignais nos hypothèses dans un carnet dédié à nos expériences. Peut-être qu'elles mouraient à cause de la force centrifuge ? Peut-être qu'elles mouraient asphyxiées dans leur petite capsule exiguë planquée dans le dôme ? Peut-être qu'elles cramaient tout simplement ?

On avait bien remarqué des traces de combustion sur leurs petits cadavres verts. Après de nombreux autres essais, on est arrivés à la conclusion que c'était probablement la conjonction des trois facteurs. Force centrifuge, asphyxie, combustion : Facteur 3.

On a eu beau rajouter du coton pour immobiliser les sauterelles, creuser un deuxième hublot, déposer de la crème solaire sur les parois internes de la capsule pour l'isoler du feu, on n'a jamais réussi à conjurer la malédiction du Facteur 3.

Mon cousin revient à côté de moi, on se regarde sans rien dire et puis on démonte la rampe de lancement et le système d'allumage. C'est le dernier jour des vacances d'été. Et notre dernière fusée. Mais ça, on ne le sait pas encore.

Quand on rentre à la maison, mon cousin est encore plein de ressort : « L'année prochaine, on essaie avec des coccinelles. » Mais l'année suivante, on ne fera plus décoller les fusées. La terre n'aura pas explosé, la troisième guerre mondiale n'aura pas éclaté, mais quelque chose aura changé et au lieu de construire des fusées, on regardera les filles marcher sur le bord de la piscine publique.

Totor

Je reviens de l'étang, piteux, les pieds crottés, sans un seul champignon dans mon panier d'osier. L'étang n'est pas encore cette piscine géante qu'il deviendra chaque été dans une quinzaine d'années, point zéro du bonheur familial, calme en abscisse, sérénité en ordonnée, repère orthonormé de mes années adultes, vu du ciel de Google Earth, une petite flaque en forme de cœur entourée de forêts.

C'est encore un simple étang de pêche que les voisins ont fait creuser autour d'une source, sur un sol argileux, cent mètres par cent mètres, pour tuer le temps entre deux saisons de chasse et gagner un peu d'argent. Les gens des bleds alentour viennent contre quelques pièces y pêcher la carpe ou le brochet, dont les populations sont régulièrement remises à niveau par d'impressionnants lâchages, quand de grandes poubelles en plastique noires sont vidées de leur contenu d'écailles argentées par de grosses mains calleuses dans les éclaboussures et les rires.

Moi, je me fous des poissons, je ne pense qu'aux cèpes, je ne sais pas encore comment les trouver, ces salauds ; j'enrage, je crapahute des kilomètres en vain, mouche au vol erratique, je me cogne aux vitres de la forêt, je ne ramasse rien, mes yeux de mioche sont encore aveugles à la forme du cèpe, qui, pourtant, pullule par ici, quand on connaît les coins.

Au détour du chemin qui serpente vers la maison, entre les deux châtaigniers centenaires où les enfants de la prochaine génération construiront leur cabane, je croise Marcel, dit Totor, le paysan qui travaille la terre de la propriété depuis cinquante ans, la vigne pour le cognac, le maïs et les pommes de terre pour nourrir les trente poules, les trois coqs, les deux porcs, les trois vaches dont Marette, sa femme, habillée de sa sempiternelle robe à fleurs, tire le lait, à la main, assise sur son petit tabouret à trois pieds, dans l'étable pleine de paille, de nids d'hirondelle et de toiles d'araignée, tous les matins à l'aube et les soirs au crépuscule. Il porte une casquette kaki, son éternel bleu de travail, son fusil de chasse bien graissé en bandoulière et sa gibecière de cuir marronnasse, probablement vide. Je ne lui demande pas s'il a tué quelque chose, je sais très bien qu'il ne ramène jamais rien ;

il connaît tous les meilleurs coins pour les cèpes, mais tous les animaux du département lui savent gré d'une chose : c'est l'un des pires chasseurs que la Charente-Maritime ait jamais porté sur son sol.

On marche ensemble, on piétine, aussi bredouille l'un que l'autre, les yeux sur nos pompes, lui des bottes, moi des tennis dégueulasses, on rentre vers la maison, queue basse, parade des losers, sans trompette ni couronne, nos pas écrasent l'herbe folle des champs fraîchement rendus à l'état de prairies depuis la retraite de Totor, depuis la fin des vignes, des vaches, du maïs, des porcs, depuis qu'il n'y a plus que des poules pour donner à la maison un dernier petit air de ferme.

Et puis, soudain, je perçois quelque chose, les sens d'un gamin de onze ans peuvent détecter le mouvement délicat d'une fourmi qui se nettoie les antennes dans la rosée, alors je lève les yeux et, dans le ciel bleu, juste au-dessus de nos têtes, en formation parfaite, dans le silence, je vois passer une douzaine de grues cendrées en pleine migration. Elles viennent de l'est de l'Europe, elles sont au bout de leur voyage et Totor marche toujours la tête dans ses bottes, il n'a rien vu. Alors je l'attrape par la manche, je le secoue : « Totor regarde ! »

Le spectacle est magnifique, les oiseaux filent, tendus, graciles, commandés par une organisation mystérieuse. Leur vol en flèche relève de la géométrie organique, un triangle isocèle qui progresse dans l'air tiède ; je ne connais pas beaucoup d'autres triangles dans la nature à part les sommets des montagnes, et c'est peut-être cette singularité qui nous magnétise, qui rend unique au regard humain le vol des oiseaux migrateurs. Totor grogne, « Crénom Vin diou », comme chaque fois que quelque chose l'excite ou l'agace, et il arme son fusil. Je m'en veux, je m'en veux déjà, je ne souhaite pas qu'il tue ces oiseaux, je refuse qu'il bousille à coups de chevrotine ce tableau miraculeux de la fin août. Mais je n'ai pas la salive ni le courage, et puis autre chose me retient.

Totor épaule son fusil, vise le ciel, plisse ses yeux noirs, sa peau à peine ridée est d'un rose tendre piqué sur les pommettes d'un quadrillage de capillaires plus rouges, un mélange de rose et de carmin composé par le grand air et l'alcool, il serre entre ses lèvres sa gitane maïs sans filtre, son gros index se pose sur la détente.

Totor, c'est mon bal perdu de Bourvil, la France paysanne d'avant-guerre ou d'immédiat après-guerre, telle que je me l'imagine, idéalisée, rêvée, un éden perdu, un éden de bouses de vache, de chemins qui ne mènent nulle part, de maisons vides et de chiottes dans des cabanons, mais un éden quand même. Il vient d'une époque où il n'y avait pas d'ingénieurs agricoles, pas de rendements ni de pesticides, un temps révolu où la France des bals portait avec orgueil et fierté ses valeurs, sa douceur, sa langueur, entre cotillons et petits blancs, quand le mot « paysan » voulait dire quelque chose de beau, de noble, de joyeux, quand la campagne était légère et quand la vie y coulait tranquillement, sans effort inutile.

Totor labourait la terre avec son mulet Martin qui tractait un vieux soc du début du siècle dont l'énorme lame fendait la terre en deux. Martin se faisait beaucoup engueuler. C'était un mulet aussi têtu que son maître. Totor refusait obstinément le tracteur, le progrès, l'avenir, se contentait de son présent et pulvérisait pendant des heures la bouillie bordelaise contenue dans des bidons en cuivre qu'il portait sur son dos et dont il maculait les vignes, et je me rappelle la couleur bleu turquoise que laissait le soufre sur le salpêtre ocre d'un mur de l'étable où grimpaient quelques ceps.

Vers la fin de sa vie, je me souviens qu'il s'était pris de passion pour des pigeons énormes, sorte de ramiers dégénérés par les croisements qui vivotaient sans voler dans une volière typiquement charentaise, branlante, que Totor avait construite avec ce qui lui tombait sous la main. L'ingénierie charentaise est un poème en prose, sans pied ni rime, sans règle ni niveau à bulle, mais heureuse. Elle se situe à douze fuseaux horaires de l'allemande ou de l'alsacienne où même les plates-bandes fleuries devant les maisons ont un air de logique, un parfum d'équation. Tout ici tient toujours de guingois, la porte du jardin potager, les échafaudages pour repeindre les volets (une échelle posée sur un tonneau lui-même en équilibre sur un tonneau plus gros), tout doit être fait de bric et de broc, avec pas mal d'imagination, du bon sens et, si possible, peu de rigueur.

Quand le soleil se couchait, baignant la maison dans des éclats roses et orangers, « la meilleure heure », répète ma mère encore aujourd'hui, Totor se fichait du spectacle et partait avec sa faux derrière la maison. Il commençait toujours par affûter sa lame contre une pierre ronde d'aiguisage sortie tout droit du Moyen Âge qu'il faisait tourner avec une manivelle, puis, d'un mouvement de balancier très élégant, précis, il coupait un peu d'herbe haute qu'il glissait dans un drap blanc avant d'aller nourrir les lapins. Totor n'était ni un bon chasseur, ni un bon architecte, mais dès qu'il s'approchait des champs, du jardin, de la terre, il se passait un truc, les fruits et les légumes lui obéissaient au doigt et à l'œil, poussaient droit, gorgés de soleil, l'herbe haute tendait son cou, soumise, magnétisée par la grâce de son coup de faux. C'était un geste ancestral que j'admirais comme une pièce de collection, une survivance sauvée, déjà, d'un monde englouti. Et puis il allait reposer la vieille faux dans son gourbi qui sentait la graisse, le cambouis, l'huile, le vieux métal, la poussière, le bois pourri. Dix ans après sa mort, cette armoire branlante pleine de trésors n'a toujours pas perdu son odeur unique, ce parfum de travail aux champs, de mains blessées, de sueur et de boulons rouillés.

Totor ne buvait jamais d'eau, « Ça fait rouiller les canalisations ! » rigolait-il en portant à sa bouche un énième Ricard. Un matin, il servit à ras bord un verre à moutarde de whisky à mon beau-frère allemand. C'était le whisky pour les amis, le meilleur de sa réserve, ce n'était pas du single malt vieilli dix-huit ans en fût de chêne, mais le breuvage traversait mieux les gosiers que le tord-boyaux le moins cher de l'étalage de la Coop locale qu'il servait chaque jour à ceux qui s'invitaient pour la douzaine d'apéros quotidiens, voisins, facteurs, cousins, épiciers mobiles. À mon beau-frère, il raconta la « meilleure partie de sa vie » : ses cinq ans de stalag pendant la guerre où, après avoir été fait prisonnier le premier jour de l'offensive de mai 1940 sans avoir tiré un seul coup de feu, il tua le temps dans une ferme de l'autre côté du Rhin, contant fleurette à quelques jeunes filles délaissées par leurs hommes partis se faire trouer la peau sur le front de l'Est. Totor aimait par-dessus tout les femmes, qu'il ne cessa jamais de chercher à séduire, même quand il eut atteint sa huitième décennie tandis que ses proies n'avaient pas vingt ans. Au troisième toast mouillé de whisky matinal, il constata qu'il « avait chaussé ses chaussures à bascule » et raconta, dans un allemand charentais, donc approximatif, comment, au retour du stalag, comme tous les autres, il avait acheté une fausse médaille militaire à un marchand de gloire sur le quai de la gare de l'Est, avant de s'en retourner travailler la bonne vieille terre argileuse de Charente.

Comme souvent les gens à la campagne, il avait une relation particulière avec ses chiens ; il en possédait deux pour la chasse et un pour la compagnie. Les premiers étaient ses objets, le troisième, l'objet d'un culte. Diane et Mirza, deux superbes setters irlandais roux, chiens d'arrêt, étaient dévolus à la chasse et enfermés le reste du temps dans les parcs à cochons abandonnés où les chiens, dans le noir, devenaient complètement dingues. Hors période de chasse, Diane et Mirza avaient le droit de sortir un quart d'heure par jour, avant le coucher du soleil, et les chiennes folles galopaient dans ces parenthèses enchantées dans tous les sens comme des possédées. « Trompette » les regardait s'ébattre avec le mépris bourgeois de sa classe. C'était un teckel à poil ras, hideux et obèse, une sorte de saucisson monté sur pattes, qui avait tous les droits, mangeait mieux qu'un homme et était chéri comme un enfant par Marette.

Tandis que Totor était toujours de bonne humeur et joyeux, Marette ne souriait jamais. Jeune femme jolie, piquante et coquette, elle était tombée très tôt, pour des raisons que j'ignore, mais chacun a ses raisons, dans les ravins de l'amertume et de la tristesse. Elle le traitait de « bon à rien » une trentaine de fois par jour, près des ronflements digestifs de « Trompette », sous la lueur de la télévision allumée sur TF1 en permanence, dès le lever du soleil et jusqu'à la nuit, comme une présence neutre, un arbitre, un témoin de la vie qui passe et se répète, jour après jour. Sauf avec Totor, Marette était gentille avec tout le monde, mais elle n'allait jamais bien et c'était comme si elle reprochait à son mari sa légèreté, sa joie de vivre, son insouciance et son mépris du temps qui passe. Lui se défendait en la traitant de « méchante sorcière ! » et en faisant, la plupart du temps, ce qui lui chantait. Il ne se plaignait jamais ouvertement, mais résistait aux assauts de sa femme et aussi aux admonestations de ma grand-mère russe, sa patronne officielle, en usant de la même stratégie : une résistance à la française, passive, construite de flemme, de petits sabotages microscopiques, ce n'était pas Moscou en flammes à l'arrivée de Napoléon et de sa Grande Armée affamée, c'était plus doux, plus fin, c'était plus charentais.

Totor épaule son fusil, les grues sont toujours là, au-dessus de nos têtes, dans leur formation parfaite, un « V » de dessin d'enfant de classe maternelle. Je n'ai pas peur.

« Bang ! Bang ! »

Les plombs s'éparpillent dans le ciel. Imperturbables, les douze grues poursuivent leur chemin majestueux au-dessus de la maison. Totor casse son fusil, les douilles en plastique rouge volent et tombent sur l'herbe. Il marmonne de dépit « Crévin Dieu... », regarde s'éloigner les volatiles et replace la cordelette en cuir de son arme sur son épaule un peu voûtée.

Il se tourne vers moi, me regarde avec une drôle de moue. Il m'a fallu des années avant de savoir repérer dans le souvenir de son visage les indices de son espièglerie, les preuves de sa sainte flemme. Peut-être qu'il a fait exprès de viser à côté, peut-être qu'il n'avait aucune envie de fumer ces oiseaux, que plus personne ne mange depuis le XVe siècle, peut-être qu'il a tiré uniquement pour satisfaire le garçonnet de onze ans qui marchait à ses côtés. Je ne saurai jamais.

Ce que je sais, ce que je ressens à cet instant-là, c'est que ça l'emmerde quand même un brin d'avoir manqué sa cible devant un petit morveux qui risque de s'en aller baver à la ronde et raconter à qui veut l'entendre que Totor n'a pas été fichu de rôtir une grue sur douze en deux coups de chevrotine à bout portant. Peut-être pense-t-il brièvement à me faire disparaître dans l'étang ? Je m'apprête à meubler pour sauver ma peau, à lui dire, « C'est pas grave Totor », mais, sans prévenir, c'est lui qui prend la parole :

« Alors t'as trouvé des champignons ?

— Non, je réponds. Je connais pas les coins. »

Je sais très bien qu'on ne transmet à personne ce type d'informations, c'est la règle, un égoïsme qui lui se transmet de génération en génération, et si on « donne » ses coins, c'est qu'on va crever d'un cancer de la colonne vertébrale ou d'une autre saloperie bubonique, c'est qu'on est au bout de son chemin, le dernier souffle, les yeux jaunes et la bave aux lèvres, et qu'on n'emporte rien dans la tombe, pas même ses cèpes. Mais Totor plisse encore les yeux.

« Y'a peut-être un moyen d'en connaître un de coin, si tu vas au fond de ce champ, là, à droite de la mare, près des jeunes chênes... »

J'ai le cœur qui tambourine. J'étais prêt à vendre mes deux sœurs pour connaître un coin.

Je fixe Totor, interloqué. En sondant le fond de ses pupilles, je crois voir quelque chose, un reflet de malice, et dans ce reflet, comme un contrat tacite entre nous deux, un contrat que je signe sans hésiter d'un hochement de tête imperceptible, sauf pour lui : mon silence contre un cèpe ou deux.

Je les ai déjà oubliées ces foutues grues, Totor, je n'en parlerai jamais à personne, je m'en fous complètement, je dévale le champ jusqu'à la petite mare noire, je bifurque à travers les hautes herbes vers les jeunes chênes et là, miracle, au bord de la forêt, je découvre les deux premiers cèpes de ma vie. Merci Totor, à jamais merci.

Grâce à toi, à ce moment crucial, je découvre une émotion nouvelle, incroyable, que je ne ressentirai peut-être qu'au bord des lèvres des filles, avant de les effleurer pour la première fois, et encore, il y manquera la solitude, la marche avant la trouvaille, les sens aux aguets, tout ce qui façonne chaque seconde de cet instant magique, littéralement suspendu au-dessus de l'espace et du temps :

quand on trouve un cèpe que la nature a posé là comme un œuf de Pâques et qu'on ne l'a pas encore cueilli, quand on le regarde, qu'on se fout à quatre pattes pour le renifler, pour caresser son chapeau luisant et que l'on comprend soudain, les genoux tout crottés, que ce simple champignon, ce bouchon marron qui dépasse à peine des herbes vertes, c'est de la joie palpable, du bonheur à l'état brut, juste là, devant nous, et qu'il suffit de le cueillir pour être heureux, il suffit de décider de le cueillir. Ce n'est pas tous les jours qu'on peut décider d'être heureux.

Le sable sous la peau

Le courant est fort, j'essaie de remonter à la surface dans la houle, je suis probablement en train de me noyer. Je tiens toujours collé à mon ventre le mannequin blanc sans bras ni jambes, mais je m'épuise, je n'ai plus de force, je vais bêtement mourir à douze ans et je n'ai rien compris.

Je n'ai pas compris. Je n'ai vraiment pas compris quand Thierry, maître nageur sauveteur de la plage du Château à l'île d'Oléron, m'a proposé de passer mon troisième degré de sauvetage en mer, alors que je n'avais ni le premier, ni le deuxième degré, et pas même l'âge légal de passer une telle épreuve.

Thierry était beau comme un animal sauvage, deux flaques d'eau claire dans les yeux, un grain de peau inventé pour la photo, un sourire en demi-lune et des muscles de cours d'anatomie légale.

Moi, je n'avais rien demandé du tout, je jouais dans le sable avec des crabes morts qui n'avaient qu'une pince et des os de seiche dépolis par l'eau salée, je ne savais même pas qu'il était possible de passer un niveau trois de sauvetage en mer.

Je n'ai pas compris quand Bruno, l'autre maître nageur, aussi brun que Thierry était blond, aussi beau que lui, le même caramel étalé sur la peau saupoudrée de grains de sel, le même sourire blanc, des carrés de chewing-gum Hollywood alignés dans une manière de clavier de piano albinos et les mêmes groupes musculaires ciselés sous la peau, a renchéri, en me lançant : « Tu vas voir, c'est vraiment facile. »

L'écume balayait la plage, la houle secouait les bouées et les voiliers accrochés aux corps-morts, des mouettes jouaient à voler contre le vent comme des mobiles vivants suspendus au-dessus de la plage.

Je n'ai pas compris pourquoi une lueur très noire brillait dans les yeux de Bruno et de Thierry, quand on était tous les trois dans les vagues avec le mannequin blanc sans bras ni jambes mais plus lourd que moi. Il fallait aller le rechercher au fond de l'eau trouble, à cinq mètres de profondeur. Je n'ai pas compris quand ils m'ont encouragé comme si j'étais leur petit frère, je n'ai pas compris leur gentillesse, leur cœur si gros qui battait sous leurs pectoraux et leurs plaquettes abdominales.

Pendant ce temps-là, mes sœurs gisaient sur la plage, elles avaient installé leurs serviettes fleuries à côté de la petite guérite en bois clair des maîtres nageurs, Helena feuilletait un magazine sous ses lunettes noires, Irina bronzait allongée sur le ventre et l'un de ses pieds relevé se balançait dans le vide. Le vent d'ouest qui soufflait sur la plage ce jour-là soulevait des confettis de sable.

Je n'ai pas compris que Bruno et Thierry n'aient pas annulé l'épreuve, parce que le vent compliquait les exercices dans la houle et le ressac. Nager vingt mètres sous l'eau, ce n'était pas une mince affaire, parce que je n'avais aucun repère, parce que je n'avais pas vraiment l'âge de nager vingt mètres sous l'eau. J'ai dû crever la surface de l'eau bien avant la distance réglementaire, à moitié noyé, mais Bruno et Thierry avaient l'air satisfaits, j'ai intercepté le regard qu'ils se sont lancé dans les flots tandis que je réapparaissais à bout de forces.

Quand j'ai tracté Thierry en rétropédalant sous l'eau sur une cinquantaine de mètres, mon bras droit bloqué sous le sien, ma main droite tentant de maintenir en vain son menton hors de l'eau, j'ai bien vu qu'il faisait mine de ne pas se noyer alors qu'il avalait pas mal d'océan quand même.

Je ne comprenais pas grand-chose à ces vacances au bord de la mer sur l'île d'Oléron.

Mes sœurs avaient beaucoup changé depuis les dernières vacances, elles n'étaient plus les mêmes, elles n'étaient plus les deux grandes sœurs que j'avais connues depuis ma naissance.

Helena et Irina ne marchaient plus du tout comme avant. Elles se tenaient très droites, comme si elles avaient chacune une jarre posée sur la tête qui pouvait tomber à chaque instant. Elles marchaient sans l'entrain appuyé d'autrefois, tout était plus lent, contrôlé, le balancier des bras et même la cassure des poignets au bout des mouvements avaient quelque chose de sophistiqué.

Elles disposaient toutes deux d'une gamme de nouveaux mouvements que je n'avais jamais remarqués auparavant : elles se passaient souvent les mains dans les cheveux alors qu'elles étaient bien coiffées, désaxaient leur cou en fixant langoureusement un point toujours situé très loin à l'horizon.

Leurs regards étaient différents eux aussi, ils avaient gagné une intensité bizarre et ils avaient aussi perdu quelque chose que moi je possédais toujours, je ne saurais dire quoi, ça se mesurait peut-être au diamètre de la pupille, plus large, plus noire chez elles que chez moi. Elles cillaient plus souvent, comme s'il fallait nettoyer le cristallin, comme si le monde qu'elles voyaient n'était plus le même que celui que je voyais. Même leurs larmes n'avaient plus la même consistance, quand elles glissaient sur leurs joues ; le taux de sel avait dû changer, c'était des larmes plus rares et plus lourdes. Étrangement, elles ne portaient plus le même et unique maillot de bain pendant toutes les vacances. Elles se changeaient quasiment tous les jours, une profusion de formes et de couleurs dont j'avais du mal à concevoir la raison.

Avec mes sœurs, j'ai grandi dans une sorte de cocon décoré de soutiens-gorge, de tendresse et de chapelets de mots. Elles me faisaient découvrir chaque jour un univers qui était totalement étranger à mes amis équipés de frères. Tellement heureux de me frotter à ce monde qui fascinait tant mes camarades, bénéficiant d'un statut particulier parmi eux, je pardonnais à mes sœurs leurs nombreux défauts, le fait qu'elles décrochaient toujours les félicitations à l'école quand moi j'étais collé tous les mercredis.

Mais depuis quelque temps, mes sœurs s'intéressaient moins à moi. La géopolitique de l'enfance avait changé. J'étais le dernier « petit ». Le seul à pouvoir passer des heures sur la plage sans rester immobile plus d'une minute. Pendant qu'elles écoutaient pousser leurs ongles sur leurs serviettes fleuries, moi, je regardais la marée montante dévorer mes châteaux de sable.

Deux jours après le début des vacances, ma sœur Irina s'est levée de sa serviette fleurie, très lentement, je ne comprenais décidément pas cette lenteur, ses bras se balançaient dans l'air, on avait l'impression qu'elle glissait sur le sable, un peu à la façon des extraterrestres de *Mars Attacks*, elle s'est approchée de la cabane des maîtres nageurs et elle a demandé : « À quelle température est la mer ? »

La température de l'eau était inscrite en gros sur le tableau fixé à la cabane des maîtres nageurs, on ne pouvait pas la manquer. Mais les MSN ont répondu à ma sœur comme si la question était naturelle, alors ma sœur a souri et elle s'est retournée au ralenti et elle est partie se baigner, toujours très lentement, elle est entrée dans l'eau avec la légèreté d'une bulle de mousse et elle a commencé à jouer avec l'écume des vagues, c'était une version marine de *La Dolce Vita*, la fontaine de Trevi transmutée en océan et Anita Ekberg dans le maillot de bain de ma sœur.

Chaque jour, on allait sur la même plage. Deux kilomètres de sable nous attendaient pourtant à droite de la guérite de Thierry et de Bruno, et deux kilomètres à gauche, mais on s'installait toujours à côté d'eux, « parce que c'était quand même pratique d'avoir la température de l'eau tous les jours », soulignait Irina.

Après quelques journées d'interactions à huit bandes, il a été convenu que ça serait quand même chouette que moi, Kolia, je passe le troisième degré de sauvetage en mer, même si je n'avais pas les deux premiers, même si je n'avais pas l'âge légal pour passer ces épreuves, même si je n'avais rien demandé du tout.

Dans les vagues, à cet instant, je ne comprends toujours pas pourquoi Thierry et Bruno sont si heureux de me voir réapparaître avec le mannequin blanc alors que je me suis à moitié noyé. On dirait qu'ils ont gagné au Loto.

On sort de l'écume. On marche sur le sable mouillé. Le vent soulève une nuée de grains qui se collent à nos peaux. Je fronce les sourcils et je vois au loin mes sœurs assises sur leurs serviettes de bain fleuries. Elles viennent de se passer de l'ambre solaire, un truc sur les lèvres, du machin dans les cheveux avec des paillettes.

« Alors ? demandent-elles.

— Alors votre petit frère s'en est très bien sorti ! » répondent en chœur Thierry et Bruno.

J'ai failli mourir trois fois, mais c'est vrai que je m'en suis sorti. Dans cinq minutes, Thierry et Bruno vont remplir un diplôme officiel qu'ils me tendront avec toute la solennité que requièrent ces instants-là. Je bomberai mon petit torse en sentant que Thierry, Bruno et moi, on est maintenant un peu faits du même bois.

Pour le moment, ils déploient leurs longs corps trempés et marchent au ralenti à côté de mon petit corps de poulet déplumé. Je renifle un peu l'iode qui s'écoule de mon nez, j'ai les yeux rougis par l'eau salée. Eux se tiennent très droits. Ils marchent sans l'entrain appuyé qui porte mes propres pas, leurs épaules roulent lentement, leurs abdominaux se contractent à chaque appui sur le sable dans un petit cliquetis mécanique et cristallin.

Mes sœurs sourient. Bruno et Thierry sourient. Ils se regardent. Je les regarde. Le vent souffle. Ça me pique mais j'ai compris.

Je sais

Il y a une toile d'araignée au plafond des toilettes, trois mouches mortes sur le carrelage, et la peinture vert pomme se décolle des murs. Je tiens un magazine dans mes mains. Assis sur la cuvette, mes pieds ne touchent pas le sol, j'ai neuf étés, je suis blond comme un mois de juillet, on est en août, je lis et j'ai le vertige.

C'est la campagne. L'odeur épicée des moissons et les grappes de raisins dans les vignes et Totor sous son béret noir qui bine avec son mulet con comme une porte, son bleu de travail et ses pastis, son accent des Charentes et sa bonne humeur qu'il consume au bout de ses gitanes maïs, et puis moi et ma bouille ronde et mon casque blond dans ces toilettes avec ce mur qui pourrit, ces miettes de mouches, cette toile au coin du plafond et ce magazine qui tremble dans mes mains.

C'est l'été, ce fameux air de petit bal perdu, cinq vaches, trois cochons, des poules qui bouffent des cailloux et la vieille Marette qui râle après le vieux Totor et le vent tiède dans les bambous et Babou dans sa chaise longue qui lit ses Harlequin et fait claquer son dentier en attendant la mort et Raspoutine qui étouffe dans sa fourrure et qui ahane sous un peu d'ombre, et moi, et mes yeux effrayés dans les toilettes et la peau du mur qui se desquame et l'araignée qui dort et les mouches qui se dessèchent.

Mes sœurs sont parties à vélo à la piscine du village avec les cousins, mon père a décidé qu'il fallait à tout prix repeindre les persiennes de la maison, il sue en plein cagnard et peint comme si sa vie en dépendait, il ne sait même pas de quelle couleur est sa peinture et il s'en fout, il est daltonien et fataliste. Dans le jardin potager, ma mère cueille des tomates et du basilic pour la grande salade familiale de ce soir. La fenêtre des toilettes est entrouverte, le vent tiède s'engouffre et fait frissonner la toile d'araignée.

Voilà : la minuscule exploitation agricole créée par mon grand-père Samuel avant-guerre – fabrique de lait, de lard, d'œufs de poule et de cognac – est en train de se transformer en maison de vacances. On va arracher les vignes, tuer les vaches, les cochons et les poules, Totor va prendre sa retraite. On passe tous les étés dans cette maison, c'est le centre, chacun a un cœur en pierre chaude dans son histoire, nous, c'est ici qu'il bat, entre ces quatre prairies, ces forêts de chênes, cet étang, ce peuplier géant, c'est ici que ses pulsations nous règlent et nous remontent pour un an, un havre d'indolence si seulement il n'y avait pas les persiennes de mon père et l'énergie de mes oncles.

On les appelle Diadia. « Oncle » en russe. Diadia Vlad et Diadia Igor. Ils sont tatars. C'est-à-dire qu'ils ne font rien de normal. Ils roulent dans d'énormes voitures, Diadia Vlad en Ferrari, Diadia Igor en Jaguar, et là, par exemple, sous le ciel bleu profond, ils sont en train de préparer une partie de pêche sur la côte sauvage près de Royan. Dans les voitures, ils entassent des cannes avec des moulinets gros comme des roues de tracteur et des filets de cent mètres carrés qui nécessitent en temps normal la force de dix hommes mais qu'ils sortiront à trois avec l'aide de mon père. Des douzaines de poissons argentés se cambreront dans le piège et on les versera dans d'énormes épuisettes avant de les tuer d'un coup de bâton. On regagnera les voitures après deux kilomètres de marche sur le sable, on videra la plage de tous ses coquillages comestibles, lavagnons, coques, couteaux, on mangera tout, et on refermera les cinq parasols, on bouchera le trou de trois mètres de profondeur creusé par mon cousin et on laissera le crocodile géant façonné par mon père se faire dévorer par les vagues de la marée montante. Les gens seront soulagés en nous voyant partir.

Mais tout ça, ça sera demain, d'ici là, j'ai quelque chose à vivre, enfermé, à l'abri dans les toilettes, avec le *Paris Match* que j'ai volé et les morceaux de peinture qui se décollent, les trois mouches mortes et la toile d'araignée au plafond. Je lis, je lis et je n'en crois pas mes yeux.

Je revenais de colonie de vacances en Espagne. On rigolait dans le bus. On avait piqué des bonbecs et des magazines à la station-service. Notre peau était chaude et nos yeux blonds. J'étais monté à cheval, une rosse pénible qui m'avait jeté par terre en plein galop, j'avais joué au football en bouffant de la terre rouge sur un terrain de poussières, sous le soleil couchant, et puis surtout, nom d'une pipe en bois d'ébène, j'avais manqué la demi-finale de la Coupe du monde de foot, France-RFA. Enfoirés de monos.

Je me rappelle l'excitation dans la chambrée, les moniteurs qui nous avaient sommés de dormir le soir du match, la révolte, la fausse acceptation, l'attente, l'évasion, l'interception, le retour à la case départ, l'écoute attentive des clameurs, le mono qui finit par passer sa tête de fouine dans l'embrasure de la porte et qui nous dit « on a gagné, on a gagné », et nous, on crie et on s'endort avec des étoiles sous les paupières et puis le réveil, le réveil difficile, on a perdu, finalement, on a perdu, mais c'était de la joie quand même, c'était de l'enfance, c'était hier et vu de mes toilettes, c'était il y a une éternité.

Ils étaient aussi en colonie de vacances. Ils revenaient aussi en bus. Une semaine d'intervalle. Je le lis dans le journal. Je vois leurs photos, leur âge, mon âge, leurs visages, mon visage, leurs noms, mon nom, ils sont morts sur l'autoroute A6, quarante-quatre moi, tués, carbonisés dans un bus au retour des vacances, je lis, l'accident mortel le plus grave de l'histoire en France, Beaune, je lis, je tremble, c'est la première fois que je vois ça, la première fois que je comprends que ça se passe en bas de chez moi, au détour d'un jour, dans la banalité d'un ciel bleu, je vois les carcasses des bus, des voitures tordues, les images de corps carbonisés, je lis les cris, les témoignages, les larmes des parents, les hurlements des mères, mes mains tremblent, j'ai neuf hivers, chaque phrase pèse un an, chaque photo me tue encore davantage, c'est la première fois que je meurs autant et aussi vite et en autant d'exemplaires.

Mes oncles entassent leur matériel de pêche, mon père peint ses persiennes, ma mère cueille des tomates, mes sœurs nagent avec mes cousins dans la piscine du village et moi je tremble dans les toilettes parce que j'ai compris, j'ai compris que je vais mourir toute ma vie, comme tout le monde, je mourrai quand j'apprendrai la mort des autres, quand je verrai au journal ces corps torturés, ces enfants qu'on achève, et mon cœur nucléaire n'est plus qu'une boule de paille, mes oncles et mon père sont en verre, mes sœurs et ma mère en papier froissé ou en plastique, oui, des flaques d'eau dans une fine membrane de plastique, un jour ça éclatera, et il ne restera que ce que je vois et que ma mémoire imprime à cet instant-là, l'image de la fin d'un mini-monde, trois mouches mortes, un mur qui part en lambeaux et une toile d'araignée au coin d'un plafond.

Je sors des toilettes. Je croise ma mère, ses tomates et son basilic. Elle voit le journal dans mes mains. Elle voit mon visage. Je ne me cache plus. Je vois ses yeux, la tristesse dans ses yeux. Je ne dis rien. Elle ne dit rien. Elle sait. Elle sait que je sais.

Roi de la terre

Les branches des arbres étaient recouvertes d'une gangue de glace. C'était l'hiver le plus rigoureux depuis des années. Tout le monde avait des congères sous les narines. Moi j'avais les mains brûlantes. Je tenais enfin le paquet entre mes mains. Je suis monté dans ma chambre. J'ai refermé la porte derrière moi. J'ai déballé mon trésor, l'ai posé sur le lit, je l'ai admiré pendant cinq minutes. Le futur rutilait sur ma couette Mickey. Et puis je suis allé chercher la cassette. Je l'ai glissée dans le parallélépipède noir. J'ai enfilé le casque sur mes oreilles. J'avais une tête d'avenir.

Une déflagration a compressé l'espace-temps avant de le dilater en CinémaScope. Pour la première fois, la musique ne sortait pas d'un baffle, d'une radiocassette. Elle vibrait en moi. J'étais en extase, je tressautais, chantais à tue-tête sans entendre ma voix, Bob Morane contre tout chacal, l'aventurier contre tout guerrier. J'étais libre, la musique transformait ma chambre de petit garçon en repaire de brigands de grand chemin, j'étais un rebelle, le membre d'un gang dangereux, un corsaire, un pirate. Et puis soudain, une silhouette s'est approchée. Un visage a crevé ma bulle. J'ai fait glisser le casque sur mon cou : « Tu fais ce que je t'ai demandé sinon je te confisque le Walkman ! » a dit ma mère. Tel l'aventurier solitaire, Bob Morane est le roi de la terre, mais doit quand même débarrasser ce putain de lave-vaisselle.

M&M

J'ai renoncé à essayer de comprendre comment les idées et les souvenirs étaient reliés entre eux dans l'indéchiffrable entrelacs de neurones qui nous sert de machine à penser, comment au détour d'une ruelle ensablée jonchée de détritus située dans une petite bourgade au sud de Tombouctou, dans un pays en pleine guerre fratricide, j'ai pu être amené à penser à Michel Drucker alors qu'une colonne de blindés français provoquait l'hilarité et la joie d'une centaine d'enfants regroupés ici comme au spectacle. Je n'ai jamais osé l'exprimer ainsi, de but en blanc, mais j'aime bien Michel Drucker. J'aime ses chiens, ses vélos, sa gentillesse, son hélicoptère, son éternité de jonc sous la bourrasque, les accents sépia de son rire amical, pas d'esbroufe, pas de méchanceté, de violence, on est bien Michel, on est bien là, avec votre chien, avec votre rire, avec vous. Si j'ai pu moquer votre bienveillance enfantine d'abbé de la télé, si j'ai pu railler votre longévité bonhomme d'herbivore perdu au milieu des carnassiers, croyez-le, je le regrette, je le regrette profondément. Je regarde ces gamins maliens perdus dans un conflit qu'ils ne comprennent pas, ils brandissent des drapeaux français en me souriant, et je me dis que vous me rassurez Michel, votre voix me réchauffe, vous rassérénez le petit vieux qui sommeille au fond de moi et qui surgit parfois au détour d'une fatigue, au coin d'un accablement. Vous avez un chien Michel, un vélo, et vous vous tenez là, debout, devant nous, depuis un siècle ou deux, imperturbable, joyeux, les yeux plissés en regardant droit dans ceux de vos invités, n'ayons l'air de rien, surtout n'ayons l'air de rien Michel. La mort frappe, la haine fauche, mais face au fracas du monde, Michel, vous restez là, avec votre sourire, votre meilleur allié, vissé aux lèvres. Oh, si l'on s'approche un peu, on devine bien quelques traces d'angoisses dans les ridules, la peur qui s'insinue entre les plis de la joie, le vieillissement qui menace, mais vous vous défendez Michel, vous pédalez, vous ne fumez pas, vous ne buvez pas, vous résistez, vous riez, et vous rirez jusqu'au bout.

Les échos de vos rires imprévisibles et ceux des enfants qui agitent les drapeaux tricolores me renvoient, pour une raison inconnue, loin de Tombouctou, loin du désert, de la charia et des corps mutilés, dans la peau d'une soirée d'hiver de l'année 1983. Vous riiez déjà en présentant l'émission Champs-Élysées sur Antenne 2. Le sapin clignotait dans le salon. On venait de l'acheter et de le décorer. Il mesurait trois mètres de haut l'animal et, comme chaque année, mon père avait failli se casser la figure du haut de l'escabeau pour enfiler l'étoile argentée sur sa cime. Il était impensable d'acheter un petit sapin propre et pratique qui se dessécherait tranquillement dans son coin. Je ne sais pas quel complexe freudien frappait notre famille, mais chez nous, c'était gros chien, gros sapin. Moi, j'étais aussi petit qu'on peut l'être quand on a onze ans, aussi petit que les enfants qui, dans ce coin perdu d'Afrique, veulent toucher ma main en riant parce que je suis blanc. Sur Antenne 2, Michel, vous veniez de prendre votre air de renard madré et vous annonciez quelque chose d'extraordinaire. Vous mettiez en garde les parents, il fallait éloigner les enfants les plus jeunes, ce qui allait suivre pourrait heurter leur sensibilité. Mais aucun parent n'allait éloigner ses enfants de la télé ce soir-là et vous le saviez très bien. Nous, comme tous les autres, on regardait, incrédules. C'était une époque où l'on regardait la télé le soir, en famille. En ces temps reculés, dépourvus de connexions Internet, il n'était pas rare qu'une famille nucléaire de type père-mère-enfants regarde ensemble, au même moment, une émission à la télévision.

J'étais allongé sur le ventre par terre sur le tapis du salon, à côté de mon chien Raspoutine qui ronflait en tirant la langue. J'avais les coudes repliés et la tête dans les mains, la meilleure position qui ait jamais été inventée pour regarder la télévision. Le ventre se réchauffe lentement sous l'effet de sa propre inertie et produit un bien-être incomparable en inondant le reste du corps. Mon père était assis dans son fauteuil. Mes sœurs et ma mère étaient regroupées dans le canapé. On était déjà habitués à votre onctuosité exaltée, Michel, et l'on s'en méfiait. Vous aimiez tout, vous trouviez des excuses à tout, vous aimiez aussi bien Serge Gainsbourg que Michel Sardou et cette incapacité à choisir votre camp était un peu agaçante à la longue, même si plus tard, j'ai compris votre stratégie. Mais cette fois-ci, Michel, vous ne nous avez pas trompés. Après les rodomontades d'usage, le clip a enfin commencé : la salle de cinéma, le film d'horreur, ce type au visage androgyne, ni noir, ni blanc, dans son habit de cuir rouge et noir qui sourit et rassure sa petite amie ; ils sortent du cinéma, il la chambre, elle s'énerve gentiment, ils flirtent et soudain les premières notes de musique tombent du ciel et les cadavres sortent de leur tombe. Sans prévenir, une armée de loups-garous et de morts vivants entrait dans tous les salons français ! Sur le coup, ma mâchoire inférieure s'est affalée sur le tapis du salon tandis que Raspoutine dressait ses oreilles. J'avais un peu la frousse, mais c'était une frousse joyeuse. C'était la première fois que je voyais des morts danser.

Pour un gamin des années quatre-vingt, *Thriller*, c'était Apollo 11 : une histoire, une chorégraphie, des effets spéciaux, des costumes, le maquillage des morts vivants, l'art du chuchotement chanté, du petit cri perché érigé en virgule tonique. Du jamais-vu. Et la danse ? Savait-on, avant Michael Jackson, que le corps pouvait se tordre en arabesques gracieuses ? Mes sœurs le savaient, moi, je l'ignorais. Je découvrais abasourdi les déhanchements furieux de cette liane humaine capable de s'agripper le sexe en dessinant un W avec ses jambes, talons vers le ciel, pointes rentrées puis, dans la seconde suivante, de lancer son genou gauche à hauteur de son oreille droite sans avoir l'air ridicule. Quatorze minutes incrustées dans mes pupilles dilatées de morveux qui pensait être revenu de tout sans être parti nulle part. Le tout tourné en 35 mm, comme un vrai film et par un vrai cinéaste, John Landis. Pour les adultes, c'était entendu : *Thriller* réinventait l'histoire du clip et de la chorégraphie télévisée. Pour la première fois l'image n'habillait pas la chanson mais la transcendait. Elle osait même l'œuvre d'art. Plus tard, tout le monde clonerait cette inspiration et, parallèlement, on découvrirait les clips de *Billie Jean*, de *Beat it*, celui de *Bad*, tourné en 1987 par Scorsese, ou le fabuleux morphing de *Black or White*, diffusé le 14 novembre 1991 sur toute la planète et vu par 500 millions de téléspectateurs au même moment.

Pour moi, pour toutes les culottes courtes de ma génération, les gamins d'un Occident en paix, repus, mais traversé par les risques diffus d'une fin du monde nucléaire, ce *Thriller* de 1983, c'était simplement un conte fabuleux, une histoire géniale qu'un danseur fou déguisé en mort vivant nous racontait avant d'aller nous coucher, la promesse de délicieux petits cauchemars dansants plein la tête, sous votre regard bienveillant Michel. Le lendemain, tout le monde en parlerait dans la cour de récré. Des années plus tard, je découvrirais des milliers d'autres clips, d'autres groupes plus proches de ma sensibilité, mais je ne retrouverais jamais la même émotion qu'en ce soir d'hiver 1983 quand, avec votre complicité, Michel, d'un pas de danse et d'un petit cri perché, Michael Jackson consuma mes pupilles de petit garçon comme des brindilles de tungstène sous le clignotement des guirlandes de Noël.

La générale

Il reste cinq minutes à jouer. Les avants viennent d'entrer en mêlée dans un nuage de vapeur. Le sol est tellement dur qu'on a du mal à y enfoncer nos crampons. On est en train de prendre une branlée. La plus belle raclée de toute l'histoire du club. On joue à treize contre quinze. On s'est déjà pris dix essais. On est épuisés. Humiliés. Le moral dans les chaussettes et les chaussettes trempées de sueur.

Je suis deuxième centre. Je me tiens les hanches. J'ai mal partout. J'attends la libération, cinq minutes à tenir, mais quelque chose dérape chez les première ligne. Deux ou trois coups de poing qui partent des piliers. Ça part souvent des piliers.

On a passé la première mi-temps à défendre. Quinze ou vingt placages par personne, des chocs durs, des coups de genoux dans la tronche, les bras bleuis, le dos en compote, les muscles tendus, tordus, inondés d'acide lactique. Et puis on a perdu Laurent et ses cent kilos. Épaule déboîtée. C'était assez impressionnant de le voir hurler comme un cochon qu'on égorge avec sa drôle de bosse sur l'épaule et l'os qui saillait sous la peau. Heureusement, Jean-Marc, notre entraîneur, a su trouver les mots :

« Ta gueule, tu fais peur aux autres », il a dit.

Sans lui laisser le temps de récupérer, il a replacé l'épaule à l'endroit prévu à cet effet avant l'invention du rugby. Ça a fait crac. Lolo a couiné dans un hoquet, un cri bref de colibri cette fois-ci. On a tous eu une dernière fois la chair de poule et le match a repris. Mais à treize contre quinze, ça devenait vraiment compliqué.

Les coups redoublent en première ligne. La mêlée se relève. On dirait une araignée qui se disloque. J'ai toujours les mains sur les hanches, le souffle court qui part en vapeur dans l'air gelé. Et je vois le poing de Jérôme s'écraser sur le menton de son adversaire direct.

Jérôme est un pilier qui a tout du tonneau. La taille, le volume et cet air de ne jamais penser à rien qu'ont souvent les tonneaux. Il a le cheveu tondu en brosse et une morve récurrente lui obstrue en permanence le cornet du nez. Il la renifle sans arrêt. Je n'ai jamais su à quel point Jérôme surjouait son personnage pour effrayer ses adversaires.

À sept heures du matin, au bar du marché, dans les odeurs de ragoût et de vin blanc, Jérôme dormait les yeux mi-clos et la morve à son poste tandis qu'on se recomptait pour la cinquième fois pour être sûrs qu'on n'était pas assez nombreux. Pierrot, Vince et Lamiche n'étaient pas là. Soirée, maladie, panne de réveil, peu importe. Sam et Ben étaient blessés. Titou avait une excuse officielle : il enterrait sa grand-mère. Titou était davantage fait pour le rugby que pour les enterrements, c'était un excellent ailier, une tige avec des cannes interminables, il courait toujours avec la langue dehors, sur le côté, et ça lui donnait une tête de fou furieux avec sa coupe au bol et son nez de setter irlandais, ce qui n'est jamais mauvais au rugby, où un visage inquiétant est parfois plus efficace qu'un biceps taillé dans une souche de séquoia. Dans le café, certains se demandaient si ça valait le coup de faire trente bornes de bus pour se manger une raclée et collectionner des bleus au fin fond de la banlieue parisienne. Moi je n'avais pas d'avis, parce qu'à sept heures du matin, le dimanche, je n'avais jamais d'avis sur rien.

Notre entraîneur Jean-Marc avait replacé ses petites lunettes rondes et s'était gratté sa barbe un peu rousse. Et, comme toujours, il avait su trouver les mots :

« Messieurs, si vous ne jouez pas ce match, on va à la messe de onze heures pour expier. Manquer de courage, c'est pécher. Bordel de Dieu, je suis sérieux. »

Chaque fois que Jean-Marc s'adressait au groupe, il nous appelait « Messieurs ». Je crois que c'était le moyen le plus simple qu'il avait trouvé pour nous faire grandir.

Ça y est, ça distribue dans tous les sens. D'habitude, les bagarres s'achèvent aussitôt qu'elles commencent, mais là, l'incendie se propage, de la première ligne à la deuxième, de la deuxième à la troisième, c'est la contagion, les poings se serrent pour partir à l'assaut des mâchoires adverses. L'arbitre souffle dans son sifflet, en vain.

Sur le chemin du match, à travers les vitres du bus, je regardais défiler les paysages de banlieues, la même image photocopiée à l'infini, des tours, des pavillons, des centres commerciaux, des bagnoles, des ronds-points, des panneaux publicitaires et des routes. Il y avait un silence bizarre ce dimanche matin-là dans le bus. Personne n'avait envie de plaisanter. Je serrais mon sac de sport contre mon ventre pour me donner chaud.

Personne n'avait parlé dans le vestiaire non plus. On s'était préparés un peu comme on toilette les morts. Camphre, bandages, consolidation des zones fragiles. On entendait les claquements des crampons sur le sol. Je sentais bien que la peur s'insinuait partout. Dans les gestes nerveux de Laurent, qui n'arrivait pas à lacer ses pompes, les grands yeux tristes de Jean-Jean, mes lèvres beaucoup trop blanches. Tout ressemblait à un piège. Même le carrelage du vestiaire avait une sale gueule. Et puis Jean-Marc était entré avec sa barbe et ses petites lunettes. Et comme toujours, il avait su trouver les mots :

« Messieurs. Lâchez tout, ne gardez rien, ça ne sert à rien de garder. Au ciel, on n'emporte rien. »

Avant d'entrer sur le terrain, Jules, demi-basque par sa mère, avait commencé à marmonner une chanson. Il nous l'avait apprise, un air mélancolique qui parlait d'honneur, de famille, enfin c'était du basque, on n'y comprenait rien, mais on connaissait la mélodie. Au début, il marmonnait tout seul. Deux autres ont repris. Puis les quatorze ensemble. Sans desserrer les lèvres. On avait peur et c'est pour ça qu'on allait tout donner. Le courage, c'est souvent de la peur qui se marche dessus. Un type vient de tomber par terre, apparemment K-O. On est tous à la fin de l'adolescence. Les voix ont mué depuis longtemps. Les torses se sont élargis, les muscles sont ciselés, les os, lourds. Nos coups commencent à porter. Comme à chaque fois que les gros démarrent une « générale », un petit décalage se fait jour à l'arrière, parce qu'à l'arrière, on aime moins se faire péter le nez, on pense à ce que vont dire les filles quand on va revenir avec la gueule de travers, on est un peu plus coquets. Mais il y a un code non écrit. Un regard et toutes les préventions s'écroulent et tu rentres dans le tas. Le demi de mêlée Jean-Jean se tourne vers nous, les arrières. Son œil noir ne ment pas.

Chaque arrière se rue sur son vis-à-vis. C'est une solidarité sans condition. Les gros sont prêts à mourir pour toi alors, évidemment, tu es prêt à mourir pour eux. Mais mourir un petit peu, il ne faut pas exagérer non plus, on est des arrières.

Tout le monde n'y va pas de gaieté de cœur. On n'a pas toujours envie de se faire taper dessus dès potron-minet même si on aime le rugby, même si on chérit ce couillon de tonneau de Jérôme qui a encore allumé des mèches pour tout faire péter.

À cette époque, en région parisienne, le rugby attire des mecs venus de tous les horizons et beaucoup de recalés du foot, des corps trop gros, trop mal conçus pour d'autres sports, des types pas assez adroits avec leurs pieds, des grands maigres qui ne savent pas quoi faire de leurs jambes, des petits empâtés qui ne savent pas quoi faire de leur ventre, tous ces gamins toujours choisis en dernier dans la composition des équipes de foot de terrain vague, pied dessus, pied dessous, ces Jérôme, ces Titou, qui rêvaient d'entendre leur nom dans la bouche des capitaines et qui attendaient les pieds rentrés, le regard sous la terre, qu'enfin on les choisisse.

Ils trouvent ici un refuge avec ce ballon aussi mal fichu qu'eux, qui rebondit n'importe comment, et puis ces règles absurdes, aller vers l'avant et passer le ballon en arrière... Le rugby les accueille tous, les petits gros poussent en première ligne et les grands maigres courent à l'aile.

Moi je cumule les handicaps sérieux. J'ai commencé le rugby sur le tard, après des années de judo. Je suis le fils d'un rugbyman qui a flirté avec le haut niveau alors que je vis moi-même une belle histoire d'amour avec le niveau de base. Avec les mathématiques et Mathilde en maternelle, le rugby fait partie des trois trucs que j'ai aimés éperdument sans retour.

Il reste cinq minutes à jouer. Je n'ai pas envie de me battre. En face de moi, mon vis-à-vis hésite lui aussi. Il a des yeux de basset triste, un grand front, un duvet qui voudrait devenir une moustache. On se regarde, on regarde autour de nous. On est les derniers à ne pas se taper dessus. On est un peu obligés d'y aller. Nos regards se croisent. Il s'en dit des choses, dans cet échange, œil contre œil, bientôt dent contre dent. Il n'a pas l'air de vouloir se battre mais le grand front a une allonge supérieure à la mienne, alors j'en prends une première dans l'œil et une deuxième dans le nez, ça saigne un peu, je sens le goût métallique du sang couler dans ma bouche. Il n'a pas porté ses coups très fort, je suis toujours bien debout, campé, encouragé par les cris de Jean-Marc qui gueule « Arrêtez, bon Dieu de bordel de merde ! » ; soudain, je vois un trou dans la garde de mon camarade de jeu et je lui colle un direct léger dans le buffet, pas de quoi non plus l'endormir, on retient les coups, on attend que ça se termine. Nos souffles s'emmêlent, c'est un gros câlin maquillé en bagarre.

Voilà. C'est une « générale ». Il y en a de temps en temps. Ce n'est pas beau. Ce n'est pas si grave. Ce n'est pas de la violence gratuite. C'est de la violence généreuse et c'est incompréhensible pour qui ne s'est jamais retrouvé sur un terrain. On donne et on reçoit. Dans une heure, on discutera tous ensemble au bar et on comparera nos blessures en plaisantant.

Les entraîneurs et les adultes entrent en cohortes de Casques bleus. Ils séparent tout ce qu'ils peuvent séparer. Les générales ne durent jamais très longtemps. On se serre déjà la main avec mon vis-à-vis. Il s'en sort avec une estafilade à l'arcade. Ça vaut mon œil au beurre noir.

Conciliabule entre les adultes et l'arbitre. Deux première ligne sont exclus. Jérôme ramasse sa lourde carcasse, renifle sa morve et s'en va sur le bord de touche. Pénalité pour nous. Jean-Jean, notre capitaine, veut chercher l'essai. On est tous d'accord. On veut sauver l'honneur.

Il trouve la touche à suivre. On déroule une attaque, le 11 vient redoubler entre le 10 et le 13, feinte de passe, crochet intérieur, raffut, si possible, le 13 arrive lancé et passe le deuxième rideau et marque l'essai pour l'honneur, sauf que le 13 c'est moi, et je ne transperce rien du tout, un type me prend aux jambes et un deuxième me tamponne le torse, j'ai la colonne vertébrale qui vibre comme un diapason et le ballon m'échappe dans le choc.

Je ne serais pas loin de pleurer de rage, si seulement je n'avais pas le souffle coupé et les crampons d'un troisième ligne sur la joue. Coup du sort en notre faveur : le centre qui m'a chipé le cuir fait une faute de main juste devant sa ligne. En-avant. Mêlée pour nous à cinq mètres de leur ligne d'essai. L'occasion rêvée. La dernière. Jean-Jean chuchote :

« Tous en mêlée. » C'est l'ultime action du match. Le moment de tout donner. Ça ne sert à rien de garder. L'arbitre siffle. Jean-Jean introduit. Tous les arrières viennent s'agglutiner à la grosse araignée et pousser, pousser, pousser. Ça sent la sueur. Ça grogne. On avance. La pression monte. Ils reculent dans la vapeur. Mais le ballon recule avec eux et sort sur leur ligne d'essai, entre leurs mains. Deux passes et un ailier blond platine se détache. Contre-attaque. Il traverse tout le terrain.

On se relève sans y croire. Baptiste est le seul à lui courir après. Ses jambes cisaillent l'air gelé, il se rapproche de sa cible, mais on sent bien qu'il a consommé toute l'énergie disponible, alors il fait ce qu'on aurait tous essayé de faire à sa place. Il tente le plus beau geste du rugby, une simple cuillère, un geste de désespoir qui consiste à déstabiliser la course d'un joueur qui va à l'essai en giflant d'une main l'un de ses pieds.

Le corps de Baptiste plonge, sa main entame un mouvement de coup droit. Ses doigts s'approchent d'une cheville de l'ailier adverse, encore quelques millimètres et sa paume heurtera l'articulation qui s'en ira cogner le mollet, provoquant inéluctablement la chute du coureur.

Mais non.

Un centimètre. Il manque à Baptiste un centimètre. Au bout de son plongeon, il s'écroule sur le terrain. L'ailier blond platine continue sa course et marque. Essai. Fin du match. 58-0.

Nos adversaires ne lèvent pas les bras. Ils forment une haie d'honneur pour nous saluer. On passe lentement entre les deux rangées. On claudique. C'est la cour des miracles. Nos vainqueurs nous regardent en silence et applaudissent. Ils nous respectent un peu malgré la dérouillée. On fait pareil. Sauf Jean-Jean qui ne peut plus applaudir vu qu'il s'est tordu le poignet sur la dernière action et Laurent qui a le bras en bandoulière.

Dans les vestiaires, c'est encore le silence. Les douches chaudes coulent. On se déshabille. Jean-Marc est assis parmi nous. Il n'a encore rien dit. La bagarre générale, la dernière action débile, mon essai raté. On s'attend au savon du siècle. Il se lève, caresse sa barbe rousse, replace ses petites lunettes rondes embuées par la vapeur des douches, tousse un peu puis sort du vestiaire. Il ne dira rien dans le bus. On comprendra plus tard qu'il était plutôt fier de nous.

Sale petit morveux

Être invité dans une maison à deux pas de celle de son enfance. Y penser pendant tout le repas. Imiter les vaches. Mâcher, ruminer. À minuit, je suis parti. Je savais très bien que je ne rentrerais pas directement chez moi. Ça faisait combien d'années déjà ? Combien de centaines de mois ? Et voilà. Elle est là, aussi banale que dans mon souvenir : quatre fenêtres, une porte, un petit escalier, un toit, une cheminée. Je l'ai quittée après la mort de Babouchka. On a déménagé dans une autre maison, plus grande, plus belle. Personne ne pouvait savoir qu'on y serait moins heureux.

Je ne comprends pas pourquoi je suis ému. Qu'ont-elles de particulier, ces foutues pierres ? J'ausculte le portail, la boîte aux lettres. Tout a été repeint et la façade est ravalée depuis des années. Ils ont abattu le cerisier que j'aimais escalader. J'ai la truffe humide, je lève le nez comme un labrador abandonné sur l'autoroute A6 qui a retrouvé sa niche après mille bornes de ronces à bouffer des rats. Je fixe la fenêtre de ma chambre, volets clos, lumière éteinte, ça ronfle, ça rêve, et je me rappelle le tapis sur lequel j'organisais des batailles de Playmobil et des histoires à dormir debout avec des cartes à jouer figurant des soldats qui crevaient sous la mitraille. Je me rappelle surtout le jour du déménagement, quand la maison était une coquille d'huître vide, avec des lambeaux de chair qui traînaient encore, épars, quand j'ai quitté ma chambre pour toujours.

Ça fait toujours un drôle de bruit intérieur quand on laisse un endroit qu'on a longtemps hanté, on s'attache, ça craque, ça cogne, ça déchire, ça arrache. Je me revois descendre les escaliers une dernière fois, un peu con, un peu désolé, inspecter chaque endroit, renifler les parfums, photographier la salle de bains nue, vidée des crèmes de mes sœurs et de ma mère, les chiottes et le fantôme de la pile d'Astérix qu'on n'en finissait plus de relire, la cuisine et le spectre des odeurs de soupe au cresson, la cave et ses trucs pleins de cambouis partis en vrac à la poubelle, le petit jardin truffé de crottes de Raspoutine, les poissons rouges dans leur bassin en béton. Et puis, en m'approchant, je remarque sur le petit parking extérieur, à gauche, contre le mur de la maison, un panneau de basket. Un gamin joue ici. Un enfant ose jouer au basket à cet endroit précis, là où j'ai été champion du monde de mur-tennis-football douze fois de suite. Sale petit morveux.

Alors, c'est ça

Dix secondes avant l'impact. Il y a trois étoiles dans le ciel et sous le ciel, un lac creusé au bord d'une ville et sur la berge, un grand saule pleureur et sous cet arbre, mon corps et dans mon crâne, un cri que je n'entends pas.

Neuf, huit, Mathilde. J'étais en moyenne section, je me noyais dans tes yeux verts, j'essayais d'attirer ton attention, j'essayais d'exister mais tu snobais mon souffle, tu n'avais d'yeux que pour cet abruti de grande section qui shootait comme une brute dans les ballons à la récré, alors le soir, en m'endormant, j'essorais mon cœur entre mes poings fermés et je désapprenais ton nom, Mathilde, Mathilde, Mathilde.

Le saule chiale au bord de l'hiver et je ne sais pas quoi faire de mes mains et de mes mots, j'ai froid, j'ai chaud, paralysé sous cet arbre magnifique, désolé, et ses branches me cachent les trois étoiles, mais je sais qu'elles sont là, au-dessus, et puis il y a ce cri qui ne sort pas, étouffé, un hurlement sourd, de l'eau chaude qui veut jaillir du ventre de la terre. J'essaie de comprendre, je n'entends rien aux gargouillis géologiques, aux microséismes au fond du cortex et mes pieds écrasent l'herbe mouillée et je suis comme cette herbe, de traviole, tremblant sous le vent.

Sept, six, tu étais mignonne, Julie, avec ton nez retroussé et tes taches de rousseur, tu me trouvais mignon avec mes yeux de Chinois et ma candeur d'Eskimo dans sa première cuite, nous étions voisins en classe, tu faisais des ronds sur tes « i » et moi j'écrivais déjà comme une fourmi triste, on avait sept ans, on imaginait que la vie n'était qu'un jeu, et tu m'as montré comment on faisait, nos lèvres se sont touchées comme des fils électriques dénudés, c'était marrant et mouillé, il y avait des étincelles au bord de tes lèvres et dans l'ombre inquiète de mes yeux.

Les voitures qui passent. J'entends le bruit caoutchouteux des pneus sur les bourrelets et les rustines anthracite de la route, je vois les cônes de lumière qui balaient les maisons alentour, les grilles en fer forgé, les petits dériveurs rangés sur le bord du lac, les feuilles jaunes du vieil arbre qui attend la morsure du gel et ce cri blanc qui me déchire et que je n'entends pas.

Cinq, quatre, Agathe, tu dansais sur *Thriller* de Michael Jackson, tu avais dix ans et c'était notre première boum officielle avec boule à facettes et premières désillusions, on s'enivrait de Coca-Cola, on fumait des Pépito, on était désinvoltes, on avait l'air de rien et tu dansais sans te soucier du monde et j'étais telle une poupée vaudoue punaisée dans le canapé avec mon Banga on the rocks comme seul bouclier et mes yeux dansaient sur ta peau.

Trois. Et toi Lola, toi et tes douze ans, ta peau blanche comme la page d'un écrivain, tes yeux d'encre, et mon envie d'écrire des conneries joyeuses juste en te regardant. La contemplation me convenait, mais Romain m'a convaincu de t'aborder. Il avait déjà pas mal roulé sa langue, Romain, il savait s'y prendre, il a dit : « Vas-y putain, tu lui demandes, c'est pas compliqué. »

C'était pas compliqué, Romain, c'était l'enfer sur terre et les démons qui t'empalent sur leur fourche, c'était la fin du monde et des milliers de comètes brûlantes. Tétanisé, je ne savais pas quels mots tenter, mais j'y suis allé quand même, je me suis approché de toi, Lola, mon Omaha Beach, mon Hiroshima, la terre tremblait, le ciel était zébré d'éclairs terribles et des gouffres s'ouvraient sous mes pieds, dix ou quinze mètres de fil tendu au-dessus d'une planète en fusion. Tu étais en ligne de mire, Lola, je ne pouvais pas voir tes trois copines, les anges de l'apocalypse, et je me suis planté là, pâle et informe comme un tee-shirt blanc après trois lavages et un chapelet de pierres est sorti je ne sais comment de ma bouche : « Bonjour. Est-ce que tu veux sortir avec moi, Lola ? »

C'était maladroit, Lola, je l'ai compris tout de suite, à ta tête, à tes yeux, à ta commisération amusée, à ta gêne, j'ai vu les rictus en forme de pièges à loup de tes copines. Tu n'avais pas besoin de me répondre mais tu as entrouvert la bouche, tu as dit quelque chose que je n'ai pas entendu, j'étais parti, loin de toi, loin de moi-même.

Tous mes vieux Playmobil, j'aurais donné tous mes vieux Playmobil pour laisser aux filles le plaisir de monter en ligne entre les tirs d'obus, les éclats de shrapnel et la mitraille, les démons et les gouffres, j'aurais même filé mon vieux bateau pirate et mes billes.

Une brise venue du lac souffle sur les bastingages métalliques des dériveurs, décoiffant les dreadlocks du saule. Un court instant, les trois étoiles apparaissent. Le vent rapporte l'écho de mon cri, oui, enfin, j'entends de nouveau.

Deux, un et toi Inès, tombée d'un nuage magique dans une soirée complexe de fin de collège. Jean voulait sortir avec Marie, mais Marie voulait sortir avec Pierre et Pierre louchait sur Marion qui en pinçait pour Thomas, lequel embrassait Delphine, Karine pleurait parce que Christophe enlaçait Sandrine et moi j'embrassais le goulot d'une bouteille pour me donner la force de n'aimer personne.

Tu étais agrippée au bras de Stéphane qui, du haut de son mètre quatre-vingt-dix, a déplié un sourire de truand dans un film de Leone. « Hey, Kolia, tu voudrais pas sortir avec Inès ? » C'était inattendu et mathématique, simple, sans détour – mon style –, tu étais venue me chercher au fond de la bouteille, tu m'as harponné, expulsé par le goulot et ton visage, Inès, impavide et triste, te donnait l'air d'une jeune fille perdue et mystérieuse, brune, diaphane, yeux bleus, alors j'ai dit « Oui ». Parce que tu étais la première fille qui demandait directement ma bouche même si c'est Stéphane qui te prêtait sa voix.

Tu m'as pris par la main – j'étais une marionnette – et on a cherché un coin sombre, sans témoin, une chambre à l'étage ; dans les escaliers, j'essayais de me souvenir de la chorégraphie imaginée devant ma glace dans l'attente du moment fatidique, il ne fallait surtout pas que tu t'aperçoives que tu étais la première fille que j'embrassais vraiment. Tu n'étais pas très dégourdie non plus, alors on a fait des centaines de cercles nietzschéens avec nos langues et ce n'était pas si mal de se perdre ainsi dans le mouvement perpétuel du désir. On s'est revus trois fois et tu as disparu.

Zéro. Voilà, c'est l'heure. J'étais un chat, les filles étaient des ombres sur le mur, mais, maintenant, j'ai seize ans et j'attends sous un saule rieur. La lune rose vient de sortir au-dessus de la crête des immeubles. Les trois étoiles de novembre sont toujours là, au-dessus du lac, et je comprends enfin ce que dit le cri, oui Kolia, faut y aller, faut se lancer, alors tu t'approches doucement, tes mains s'ouvrent et tu enlaces celle qui est là, sous cet arbre, avec toi, vos souffles tressent une natte de vapeur, tu te penches sur ses lèvres et tu l'embrasses comme si tout allait s'arrêter ici, c'est magnifique et la terre fige sa course éternelle, les étoiles et la lune se penchent, le saule serre ses branches pour vous cacher et tu sens au fond de toi une banquise se briser en mille cailloux de glace. Tes pieds décollent du sol. Tu as l'impression de t'écrouler. C'est la première fois que tu voles et que tu tombes en même temps. Et dans un coin isolé de ton crâne, une petite voix sidérée répète en boucle : « Alors, c'est ça, simplement ça ; alors, c'est ça, simplement ça… »

Le goût des papilles

Remisée à l'avant-dernière seconde du compte à rebours de l'amour, coiffée au poteau dans la course aux souvenirs, évacuée en dix-huit phrases. Inès, les mots sont des menteurs, ils déforment, simplifient, tordent, concassent, prennent le pouvoir et gouvernent ; alors la voilà l'autre part de vérité.

Mon cœur bat à cent quatre-vingts pulsations par minute, je suis assis sur un lit couvert d'une couette bleue, dans une chambre d'ado constellée de posters avec une fille avec qui je n'ai jamais échangé un mot. Mes lèvres sont à un millimètre de son visage, de sa bouche, de ses dents, de sa langue. Je ressemble à un poisson rouge affamé. Inès a déjà fermé les yeux, automatiquement, comme une poupée qu'on allonge dans son berceau. Le mécanisme d'équilibre des masses qui clôt les yeux des poupées m'a toujours échappé. Les miens sont grand ouverts. Je regarde son visage pur, sa peau blanche, son petit nez, la ligne délicate de ses cils, je regarde tant que je peux, je n'ai jamais été aussi près d'une jeune femme, mais je suis trop près, vraiment trop près, je ne parviens pas à faire la mise au point, mon regard traverse Inès et se heurte à son parfum.

Je ne peux plus faire semblant, je ne peux plus reculer. J'ai quatorze ans, huit mois, dix-sept jours, nous sommes un 30 juin, il est 23 h 57, il fait 56798 degrés Celsius, il y a 15990 % d'humidité dans l'air, mon baromètre interne ne ment pas, et je n'ai jamais embrassé une bouche de toute ma vie.

Je me maudis, je me déteste, je m'insulte, mauviette, lâche, pleutre, face de fion, j'ai embrassé des joues, des fronts, l'intérieur de mon coude, un miroir, mon chien, mon chat, l'idée même d'embrasser, mais une vraie bouche avec deux lèvres entrouvertes, offertes et qui appartiennent à une autre personne que moi, précisément à l'un de ces êtres humains bizarres qui sentent naturellement bon et évoluent si différemment dans l'espace, non, jamais. Mes amis sont des exégètes de la pelle. Moi, je suis un attardé.

Le tennis, les mathématiques, le tricot, la danse classique : on peut s'entraîner à tout. Pas au baiser. Comment se préparer à ce saut ? Aucun manuel n'apporte le soutien et la préparation nécessaire à l'alpiniste qui s'apprête à planter sa bouche au sommet d'une autre bouche. Ni hier, ni maintenant. Les ados d'aujourd'hui ont tous vu des films explicites sur la manière de faire des galipettes, ils connaissent toutes les positions, de côté, par-devant, par-derrière, par-dessous, à l'envers de l'endroit, à l'endroit de l'envers, ils sont peut-être effrayés parfois par l'athlétisme pornographique, son esthétique peuplée de gros nichons en plastique et de chattes épilées, mais, en gros, ils savent de quoi il retourne.

Toutefois, avant d'avoir roulé leur première pelle, leur première galoche, ils n'ont toujours strictement aucune idée de ce qui se déroule techniquement à l'intérieur de deux bouches vissées l'une sur l'autre comme un vaisseau Soyouz arrimé à une station Mir. Pas de gros plans sur les langues entremêlées filmées du haut d'une molaire. Non. Démerdez-vous. Le premier baiser demande l'intrépidité du premier pas sur la Lune, il exige le courage de sauter les yeux fermés sans savoir exactement dans quoi on saute et, à travers les siècles, les générations sont liées par la même paralysie, la même terreur. Internet et ses vidéos peuvent aller se faire cuire un bœuf, rien ne change, c'est la même pelle, c'est la même trouille.

Mes lèvres de poisson rouge sont à un millimètre des limaces purpurines d'Inès et j'ai peur. À force de n'embrasser personne, j'ai fini par élaborer une théorie pour comprendre mon interminable état de jouvenceau pusillanime. Il y a deux types de gens qui embrassent : les guépards et les léopards. Les guépards ont confiance en leur pointe de vitesse, ils avancent sans se cacher, à la vue de tous, crâneurs, du panache, pas de calcul, qu'importe s'ils manquent leur coup neuf fois sur dix, l'échec ne les atteint pas, et la dixième sera la bonne, sous la pinède tiède d'un camping, dans le parking d'une boîte de nuit, sous une porte cochère à l'abri des regards et de la pluie. Le léopard est moins confiant, il ne supporte pas de manquer son coup, alors, avant de tenter sa chance, il attend patiemment, suspendu sur la branche de son arbre favori. Faussement détendu, il attend que tous les voyants de son tableau de bord intérieur passent au vert : température, hygrométrie, vitesse et sens du vent, distance de la proie, taille et poids, tout doit être au vert et si le moindre voyant est au rouge ou clignote à l'orange, il n'ira pas, non, il n'ira pas ; il restera calmement alangui sur sa branche, immobile, décontracté des coussinets mais aux aguets, attendant imperturbablement le moment propice, car le moment propice survient toujours, il le sait, il le sent, il attend.

Et quand celui-ci survient enfin, quand tous les feux, à l'unisson, explosent d'un vert pomme, il bondit et croque sa proie juteuse. Il ne la manque jamais. Tous les garçons et les filles autour de moi oscillent entre guépard et léopard, et moi, je suis avec Inès dans cette chambre, sur ce lit, je suis à un millimètre de ses lèvres et je suis un ouistiti.

Je n'ai jamais été aussi près et dans un instant pas plus long que le craquement du soufre d'une allumette, pour la première fois de ma vie, quelqu'un va entrer dans ma bouche, quelqu'un va percer la ligne Maginot de mes dents et je vais découvrir le goût d'une fille, le goût de ses papilles.

Je suis à un millimètre de tes lèvres, Inès, et je n'ai jamais compris pourquoi les humains s'embrassaient, pourquoi ils se frottaient les muqueuses de cette façon-ci, pourquoi ils se mélangeaient la salive de cette façon-là. Les autres animaux ne font pas ça. Les autres animaux se reniflent le cul et puis c'est tout. On devait faire comme eux, il y a très longtemps, dans les cavernes, au temps où une simple balade en forêt pouvait finir en carnage, on ne devait pas s'embrasser beaucoup quand seule l'aube nouvelle réchauffait la peau et le cœur, quand la peur de se faire dévorer et la faim étaient partout, à chaque coin de brousse, et même à la maison – mais pourquoi Papy me regarde-t-il avec ces yeux-là ? Quand l'homme bouffait l'homme, je suis sûr que personne n'embrassait personne. Et puis un jour, les temps se sont apaisés, quelqu'un a inventé l'agriculture et la vache, et le lait, l'œuf et l'abondance et un type un peu plus malin que les autres a dû dire à ses copains préhistoriques que ce n'était pas possible de continuer comme ça, comme des bêtes, qu'il fallait trouver autre chose pour, sous les étoiles, se montrer qu'on s'aimait.

Que va-t-il se passer ? Comment vais-je faire ? Comment vais-je faire pour lui faire croire que je sais faire ? Ma bouche est entrouverte. Ma langue est un vaisseau spatial qui part en mission d'exploration. Elle n'a jamais sucé que des légumes, des bonbons, des aliments, ma langue, de la viande morte, cuite, grillée, mais de la viande vivante, de la viande qui bouge, ça, non, elle ne connaît pas.

Je n'ai aucune idée des échanges moléculaires qui vont s'opérer, des millions de bactéries qui vont valser entre nos dents, d'une bouche à l'autre, des théories du baiser, de l'attachement, qui font de ce machin mouillé la première pierre organique du sentiment, je ne sais pas qu'Inès va me tester, me trier, sans même le savoir, suis-je un bon père, suis-je un bon reproducteur, ai-je bon goût ? Je sais simplement qu'il faut que je fasse plus confiance à cette jeune fille inconnue qu'à tous ceux que je connais déjà et c'est la première fois de ma vie que je m'en remets tout entier au mystère, je sais juste qu'il faut y mettre tout son cœur, mais pas les amygdales et l'œsophage, je sais surtout que je ne sais rien, et dans un clignement d'œil de poupée mécanique je vais méthodiquement faire tourner ma langue autour de la sienne comme une hélice d'ULM dans un baril de guacamole, « rouler une pelle », quelle expression à la con, quelle blague, quel faux ami, mais très vite, comme tout le monde, je comprendrai que ce n'est pas ça, que c'est tout le contraire, et bientôt, très bientôt, le truc qui me faisait le plus peur au monde deviendra celui que j'aime le plus. En attendant, je suis à un millimètre d'Inès, elle a les yeux fermés, jolie brune au teint de porcelaine et aux yeux bleus, j'ai peur, j'ai la bouche sèche, et ce 30 juin à 23 h 57, tandis que l'humidité s'élève à 15 990 %, la température à 56798 degrés, que mon cœur bat à cent quatre-vingts pulsations par minute projetant dans toutes mes extrémités six litres de sang frais, je suis assis sur un lit, dans une chambre que je connais à peine à côté d'une fille que j'ai soudain envie de connaître, j'ai peur mais soudain j'aime ma peur, j'aime ma peur et soudain j'aime Inès, j'aime Inès et je ferme les yeux pour mieux la voir. Quand on est trop près l'un de l'autre, on ne voit plus rien.

Un oui pour un non

J'ai les mains dans les poches et la gorge sèche. Elle est à côté de moi. On regarde tous les deux l'horizon, au bord de l'étang, sous le soleil de juin, devant les cygnes débiles, le château, la chapelle, et, tout autour de nous, des jeunes gens crient de joie. L'été commence, c'est la fête du lycée. S'ils nous regardaient, les gens pourraient croire que l'on va bientôt s'embrasser pour la première fois et qu'aucun d'entre nous n'ose faire le premier pas. On s'apprête simplement à faire le dernier.

Mes amis m'attendent pour partir boire des coups, sourire aux jeunes filles, flirter, rigoler de rien, shooter dans un ballon, j'en vois un au loin, près des arbres, qui me fait signe. Je ne lui réponds pas. J'ai l'impression de tenir dans ma main un couteau, une hache, je suis un criminel.

C'est la première fois depuis des mois qu'on se tient l'un à côté de l'autre sans se toucher, sans s'embrasser. On ne sait pas encore comment se comporter, on ne sait plus comment on fait quand on ne s'aime pas, quand on ne s'aime plus, que fabriquer de ses bras, quels mots utiliser. Je plisse les yeux, le soleil m'éblouit, je repense à cette année et demie passée à ses côtés, j'ai dix-sept ans, je suis en train de quitter la fille la plus importante de ma jeune existence, mais c'est plus fort que moi, c'est beaucoup plus fort que moi, il faut partir, s'évaporer, disparaître.

Je baisse les yeux, regarde mes pieds, me tourne un peu vers elle. Elle est toute proche, pâle, soudain vieillie, ses yeux sont rouges, je sens son parfum, Vanderbilt, je ne sais pas encore qu'à l'avenir, chaque fois que je le reconnaîtrai, la rue tremblera et tout me reviendra, les balades romantiques dans la campagne, les baisers sous les arbres, sur les bancs, dans sa chambre de jeune fille, l'amour dans ses draps d'étudiante, les éclats de rire, ses moqueries, sa repartie, son intelligence vive et silencieuse qui me donnait si souvent l'impression d'être lent, ce parfum de jeunesse éternelle.

Pour clore les bans, j'ai choisi la pire phrase de l'Univers, la pire excuse, et en plus j'en suis fier, je ne me rends pas compte, je ne me rends compte de rien : « Je t'aime trop pour rester avec toi sans plus t'aimer vraiment. » Je mériterais la prison pour cette phrase. Des coups de fouet. Le rouet. Le pilori. L'écartèlement. Je regrette tant.

Mes potes me font signe, ils rient et leurs rires sont cruels, ils s'en foutent, ils s'en foutent complètement, les filles sont encore des jouets, elles évoluent en dehors de leur vie, elles sont simplement des créatures jolies et exotiques avec lesquelles on peut passer de bons moments entre deux parties de foot avec les copains.

J'aurais dû dire la vérité, j'aurais dû dire que j'étais trop jeune pour elle, elle avait un an de plus que moi selon le calendrier romain, quinze si l'on tient compte de nos maturités respectives, j'aurais dû dire que je n'étais qu'un jeune loup qui n'aspirait qu'à courir avec d'autres jeunes loups, ma meute, mon groupe de jeunes mâles avec qui on pouvait tout se dire, rire de tout, se foutre de tout, je n'avais que ça en tête, je ne voulais plus de couple de vieux, plus d'obligations de vieux, plus d'horaires de vieux, mais de la liberté, de l'air tiède, les premières clopes, les premières cuites et les fous rires et la jeunesse ; je voulais ma jeunesse.

Pendant un an et demi, j'ai joué au jeune prince habillé de blanc, j'étais prix d'excellence en romantisme et bonnes intentions, j'étais le jeune premier des films à l'eau de rose et des romans Harlequin de ma grand-mère russe, droit, honnête et pur. Je ne veux plus d'eau de rose. Je veux de la vodka. Je veux du punk. Je veux du trash. Je veux explorer le côté sombre de la Force. Je veux être un mauvais garçon.

Elle ne bouge pas d'un millimètre. Je regarde l'horizon, je rêve de m'enfuir, je suis la lâcheté incarnée, piteux, prisonnier de cet étang, de ces cygnes débiles, cadenassé par sa tristesse et par sa dignité. Et puis, comme toujours, ce sont les filles qui ont du courage pour deux. Elle finit par trouver la force de lâcher quelques mots dans un souffle : « Alors, c'est vraiment fini, c'est ce que tu veux ? » Elle fait des efforts gigantesques pour paraître imperturbable. Mais ces efforts sont complètement vains ; je sens qu'elle regrette déjà sa question, je sens qu'elle sait qu'elle vient de tendre son cou blanc et je serre mon couteau dans ma main et mon cœur tambourine dans le vide. Je prends une longue inspiration, ma rampe d'élan, et j'entends ma voix trancher : « Oui, c'est fini. »

Des larmes coulent immédiatement de ses yeux, c'est le cobalt des lacs de Band-e Amir qui déborde sur ses joues, mais ce ne sont pas des pleurs, c'est de l'orgueil liquide, de la peine mécanique, elle ne gémit pas, elle fixe l'horizon, fière, forte, le coup de couteau vient de nous libérer tous les deux, dans un mois, elle aura un autre amoureux, et moi je flirterai de bouche en bouche, insupportable et libre.

Voilà, c'est fini. Je ne trouve plus rien à dire, je suis à bout de mots. Je me retourne lentement. Je lui dis « au revoir, prends soin de toi », elle ne répond rien. Je quitte le bord de cet étang comme on quitte le bord d'un volcan éteint.

Je ne me retourne pas, je marche de plus en plus vite, mes amis m'attendent et me font signe en riant. Je ne ris pas, je me sens vide, absolument vide, amputé de quelque chose, amputé de quelqu'un, mais je marche de plus en plus vite, je suis vide, vide mais léger, de plus en plus léger, je touche à peine le sol quand j'arrive devant les cinq jeunes loups arrogants, clopes au bec, qui m'attendaient. « Alors ? » lance l'un d'entre eux. « Alors, c'est bon, c'est fait. » Je ne trouve rien de plus subtil à dire. Ils sourient, opinent du chef. Je viens de passer l'épreuve pour entrer dans la meute : « Allez, on va boire des coups pour oublier. »

On part. Comme eux, je montre les dents de l'arrogance, de la jeunesse sûre d'elle-même, mais je souris pour de faux, je blague pour de faux et je boirai pour de faux. Je suis pris dans les glaces d'une tristesse étrange, pas celle qui écrase la poitrine des gens abandonnés, la grande armée des largués que je rejoindrai plus tard, non, c'est autre chose, une langueur sèche, l'abandon à soi-même, comme s'il fallait rééquilibrer les masses et s'emplir d'hélium juste après avoir fait un choix déterminant, lourd comme le plomb, juste après avoir été pour la première fois de son existence tout au bout d'un « non », juste après avoir biffé d'un trait, au bout d'une fourche invisible, la possibilité d'une vie.

J'ai changé

Je me suis levé sur la pointe des pieds. Mes sœurs devaient rentrer de soirée à minuit. Il est trois heures du matin. L'adolescence. J'entends grésiller sa clope. Il est assis sur la terrasse de la petite maison de location. La cendre attachée à la cigarette est très longue. Il aurait dû la tapoter depuis longtemps. L'air est tiède, iodé, un peu collant. Au loin, je vois les reflets argentés de la lune sur la Méditerranée. Je le regarde depuis la porte entrouverte. Lui ne me voit pas. Il a les jambes croisées. Je le regarde et c'est la première fois que je vois ça. Je ne comprends pas, je ne comprends pas pourquoi cela se passe maintenant, à cet instant-là ; je ne me doutais même pas que cela pouvait arriver, et je ne parviens pas à déterminer les causes, les raisons, je suis désemparé, je suis une poule devant un couteau. Cela n'a sans doute rien à voir avec le retard de mes sœurs, rien à voir avec ces vacances en bord de mer. Autour de nous, je n'entends que le cisaillement des grillons. Je ne sais pas quoi faire. Je ne sais pas quoi dire. Alors je ne dis rien et je ne fais rien. Je retourne me coucher. Je retourne me coucher mais j'ai changé. C'est la première fois que je vois mon père pleurer.

Les lézards écrasés

Je sue dans mon costume noir. C'est lourd. C'est lourd et je n'arrive pas à porter comme je voudrais. Les cinq autres font un mètre quatre- vingt-dix et je suis forcé de me mettre sur la pointe des pieds pour déposer le bois clair sur mon épaule. Quelle idée d'avoir des amis aussi grands. On devrait sélectionner ses potes en fonction de leur taille et n'avoir jamais dans son carnet d'adresses le nom de types susceptibles de vous toiser dans ce genre de situation.

Le soleil est de la partie. C'est un soleil lourd, poisseux, un soleil équatorial perdu dans les latitudes tempérées le temps d'un été. Nous marchons lentement, comme de vrais professionnels. J'essaie de prendre ma part, je bande mes muscles. Je bande mes muscles, mais je n'ai rien à faire là, personne ne devrait être ici.

On venait de décrocher le bac, le permis de conduire et celui de filer batifoler entre potes pendant les grandes vacances. On avait dix-huit ans. C'était l'un de ces lundis matin ensoleillés du mois d'août, un lundi pour le plaisir, un lundi pour la pêche ou bien pour rien. Sébastien était parti faire les courses. Au deuxième étage de la maison, je massacrais au piano des airs un peu mélancoliques tandis que dehors Martin, le grand frère de Sébastien, shootait des lézards avec une carabine à plomb.

J'avais connu Sébastien en quatrième. Nous avions contracté un pacte d'amitié en tentant tous les deux de séduire Clara, le plus joli sourire du collège, le plus beau cul aussi. Clara était une fausse ingénue de très haut niveau et ses cils étaient longs comme des feuilles de bananier. Elle se tenait toujours cambrée, ce qui nous énervait pas mal. Nous étions à un âge où tout nous énervait, une porte qui claque, un courant d'air, un parfum perdu dans la rue. Chacun son tour, nous avions tenté d'attirer son attention. Tous les moyens étaient bons. Aucun ne fonctionnait.

En cours de gymnastique, Sébastien avait voulu impressionner la princesse intouchable. Il n'avait sauvé ses testicules que par la grâce d'un déhanchement réflexe qui lui avait valu un atterrissage violent sur les incisives à trois mètres du cheval d'arçons. Aux barres asymétriques, sylphide et élancée, Clara s'en balançait.

Moi, je m'étais déboîté une épaule au cours d'un match de rugby scolaire. Elle se tenait là, statue grecque déposée sur le bord du terrain, se contentait de sourire en regardant l'horizon et même les insectes dans l'herbe verte se tordaient le cou pour la dévorer de leurs yeux à facettes. J'avais l'impression de pouvoir traverser les murs rien qu'en la regardant. Ce n'était qu'une impression.

Clara restait indifférente à nos exploits, créature sybaritique aux lèvres affriandantes, souriait et continuait ses activités graciles. Chaque fois qu'elle cillait, des tourbillons se formaient dans la cour de récréation. Contre l'avis d'Isaac Newton, Sébastien tenta un jour une roue arrière en mobylette 103 SP. Il se cassa un poignet en s'encastrant contre un feu rouge. Clara papotait avec ses copines sur le trottoir et ne détourna même pas la tête en entendant le fracas de l'accident et le hurlement strident de Sébastien.

Couverts de bleus, nous nous lassâmes progressivement. Pour être plus précis, nous commençâmes à avoir peur. Clara semblait protégée par des forces surnaturelles. Sa conquête ne méritait pas d'y laisser sa peau. Il était temps de cicatriser. Adieu Clara, adieu ton sourire énigmatique de Mona Lisa des cours de récré. Dès lors commença une période douce et pas plus stupide qu'une autre, malgré les apparences : l'adolescence.

La procession avance très lentement dans les rues de cette ville de banlieue nord. Il y a du monde, une foule malheureuse qui piétine derrière nous et qui laisse dans son sillage une traînée de larmes sur le bitume. Nous avons encore cinq cents mètres à parcourir. Je me répète que je n'ai rien à faire là, que ce n'est pas ma vie, pas la sienne, pas lui, pas moi. Nous avançons vers la voie ferrée.

Sébastien était joli garçon, gosse de riche un peu taquin mais généreux, qui distribuait avec munificence l'argent de ses parents. Une fois, alors qu'on se connaissait encore mal, on était entrés dans une boulangerie et Sébastien m'avait acheté deux Raider, les anciens Twix. C'était incroyablement généreux. Deux Twix à treize ans, c'est un mois de salaire. J'avais accepté le butin en fixant son visage ouvert. Il avait des grands yeux verts pleins de malice et la symétrie de son visage régulier lui donnait des airs de chat espiègle. Ce n'est pas les années qui me le rendent plus beau, ce n'est pas le temps qui le redessine.

Dans la maison de famille plantée au cœur de la Dordogne, ce matin-là, Martin manquait tous ses lézards, moi je ratais mes airs de piano et Sébastien loupait un virage. À un kilomètre de la maison, sur une petite route bordée de gravillons, dans une courbe un peu longue, il perdait le contrôle de sa voiture, une Golf Boston neuve. Après deux ou trois embardées, elle s'encastrait contre un platane.

Alertés par la gendarmerie, pendant toute la journée, avec Martin, nous avons tenté de joindre les parents pour leur annoncer la nouvelle. Il n'y avait pas de téléphone portable. Il n'y avait pas Internet. Il y avait la trouille.

La soirée suivante, j'ai passé mon temps à compter les étoiles filantes dans le ciel. C'était la période de l'année où l'orbite de la Terre croise les Perséides, ces minuscules grains de poussière laissés derrière elle par la comète Swift-Tuttle et qui illuminent le ciel quand ils se consument dans l'atmosphère. En une heure, j'ai fait trente-sept fois le même vœu.

Sébastien était dans un coma profond. L'hôpital appelait régulièrement pour demander des informations et donner des nouvelles. Chaque coup de fil arrêtait le temps et nous poussait plus près du ravin. Pour patienter, nous fumions des cigarettes dont on arrachait les filtres et nous jouions au Trivial Pursuit, sans le plateau et sans les dés, en se posant juste les questions et en y répondant mécaniquement. Quelle est la capitale du Sri Lanka ? Qui sont les acteurs principaux de *Chantons sous la pluie* ? Quelle est la distance qui sépare la Lune de la Terre ? Sébastien va-t-il s'en sortir ?

Prévenue par Martin en fin d'après-midi, la famille de Sébastien arriva au milieu de la nuit. Les parents de Sébastien ne s'étaient pas rendus directement à l'hôpital. Ils avaient préféré passer d'abord par la maison, comme s'il fallait préserver en l'état le monde connu, comme si l'on devait continuer le plus longtemps possible à vivre comme avant, perpétuer une existence qui, en vérité, avait déjà changé de nature et de composition. Et puis, il y eut les coups de téléphone des urgences et la délicatesse chirurgicale du médecin au bout du fil.

« Ses jambes ne sont plus irriguées. »

C'était le père de Sébastien qui se faisait l'écho des constats administratifs du médecin. Puis vingt minutes plus tard :

« Ses membres supérieurs ne sont plus irrigués. »

À cet instant, moi, je n'étais plus là. Je n'entendais plus les hurlements de la mère, les cris du jeune frère de douze ans et le silence du père avec sa tête de grand duc interloqué. Comment trouver une raison d'être avec eux à cet instant-là ? Le coup de téléphone final retentit à trois heures du matin et la voix du père, tordue par les outils du drame, articula :

« L'électroencéphalogramme est plat. Sébastien est mort. Mon chaton est mort. »

La phrase ne voulait rien dire. « Chaton » : je n'avais jamais entendu les parents de Sébastien l'appeler ainsi. Mon chaton est mort. Mon chaton est mort. Je ne la comprenais pas, cette phrase idiote sortie d'une chambre d'enfant. Sans penser à rien, je répétais simplement Sébastien est mort, Sébastien est mort, Sébastien est mort, et mes yeux restaient secs, je n'arrivais pas du tout à pleurer, j'avais dix-huit ans, le permis de conduire, le bac et c'était l'été.

C'était l'été et devant moi, la famille explosait au ralenti. Tout se passait au ralenti. Je voyais les visages se tordre. Ce n'était pas de la souffrance, de la douleur, ce n'était pas de la haine, de la rage, pas encore, c'était autre chose, ce n'était pas un sentiment qui peut se réduire et se fondre en un mot, c'était de la « chute », peut-être, un énorme morceau de « chute », de la « chute » pure, brute, de la « chute » éternelle, sans fin, qui se voyait dans la peau, dans les yeux, qui se reniflait, se respirait, qui inondait chaque interstice entre les atomes dans la cuisine où était réunie la famille autour d'une table en chêne. Les pupilles de la mère de Sébastien tournaient à toute vitesse et dans tous les sens et ce mouvement épileptique annonçait l'immobilité totale et définitive qui allait suivre, une nature morte après le passage d'un cyclone. Je ne savais plus quoi faire de mes mains, de mon visage, de mes pieds, rien n'était possible, aucun regard, aucun mot.

Alors je suis sorti pour marcher, occuper mon corps, rester en contact avec l'air doux de ce mois d'été, avec le ciel étoilé, le chant des grillons. Je regardais le ballon de foot immobile sur la pelouse, le cadavre desséché du lézard aplati le matin même par la voiture de Sébastien quand il était vivant, quand son pied vigoureux avait écrasé la pédale de l'accélérateur. Je me suis rappelé son torse la veille de l'accident, un torse assez poilu pour son âge, qui ruisselait de sueur pendant qu'on jouait au foot avec les autres et c'était difficile d'admettre que ce torse pâle et froid était maintenant là, si lourd, sur mon épaule.

Nous arrivons enfin devant la voie ferrée, mais les barrières s'abaissent à cet instant-là pour laisser passer un RER. La foule se fige. Le soleil frappe de plus belle. Je ne devrais pas être là. Sébastien ne devrait pas être si lourd. La SNCF ne respecte rien. La vie prend un malin plaisir à continuer son chemin quand la mort est arrêtée devant elle. De la fenêtre du train, les voyageurs assistent à un spectacle déconcertant : six jeunes hommes portant un cercueil de bois clair et derrière eux, une foule qui regarde ses pieds. Non, nous ne devrions pas être ici. Nous devrions être en train de siroter des bières, shooter dans un ballon, draguer des filles, lire, danser, baiser. Nous n'avons pas l'âge de porter Sébastien.

Mariage DeLorean

Tu connaîtras des mariages, Anna. Tu y verras des mariés, évidemment rayonnants, évidemment intouchables, et peut-être, derrière eux, de vieux couples pleins de mélancolie, des divorcés gorgés d'amertume, des parents tout étonnés d'en être déjà là, une jeunesse arrogante qui veut boire et danser, la cohorte des langues de pute qui débineront la robe, le vin, les discours, le menu, tu y verras aussi des vieillards assis, ailleurs, loin, et des enfants voraces, tu y verras de jeunes filles éclaboussantes de beauté, d'autres éperdues de solitude, tu y verras tous les clichés. Si tu t'approches, si tu as de la veine, tu y verras peut-être autre chose. Laisse-moi t'en raconter un seul que j'ai connu : mon mariage DeLorean.

Une maison dans la campagne des Cévennes. Un moulin. Une cascade. Des têtes blondes. Des grises. Les robes des filles. Coucher de soleil. Les tables de mariage. Des visages inconnus. Quelqu'un nous a mis autour de ce cercle pour une raison.

Assis à ma gauche, un homme me parle. Lui, je le reconnais. Je ne l'ai pas vu depuis des années. Je le regarde pendant qu'il me parle. Je ne l'écoute pas. Je le scrute, pendant que ses lèvres s'arrondissent, la texture de la peau, la forme de la bouche, le nez, les brisures aux commissures, les ridules au bord des paupières, le temps ratatiné dans les petits détails. Son visage a changé. Il est plus flou. Le temps ne nous ride pas, il nous polit.

Il fait partie de ces personnes que la langue française n'a pas réussi à définir : ni des copains, ni des amis, ni des potes. Plus que l'un, moins que l'autre, pas tout à fait le dernier. Ça me touche de le revoir là, avec son sourire et ses expressions. Réécouter le timbre de sa voix qui, elle, n'a pas changé.

Sa femme est assise à ma droite. Jolie brune aiguisée comme un cutter. Je ne l'ai jamais vue. On se sourit, on se dit les conneries d'usage. Et toi, dans la vie ? Des points communs, une enfance dans la même région. Et soudain, boum, un fantôme : Madame Hutz.

Madame Hutz est une bonne amie de sa mère. Ce fut l'une de mes terreurs de lycée : ma professeur de physique de première S. Blonde coupée ras, yeux bleu laser, voix du côté vert des éponges Spontex, petite, grosse tête, sèche. La peur en blouse blanche. J'exagère. Elle n'était pas méchante. J'étais simplement nul en physique. Trop nul pour être bon, pas assez pour m'en foutre.

Madame Hutz et sa blouse s'asseyent donc avec nous à cette table de mariage. Son spectre qui m'effraie, et dans ses mains osseuses, le cadavre de mes angoisses et mon casque d'astronaute fêlé.

À l'autre bout de la table, un type chauve, sans âge, avec des joues roses, jamboneuses, de ces joues de boucher qui part toutes les vingt minutes chercher un morceau de barbaque dans un immense réfrigérateur en inox. Il rit tout le temps, presque trop souvent pour être honnête, toujours se méfier de ceux qui feignent d'habiter le premier degré sans ascenseur, il vient de Dordogne, dit qu'il a été banquier pendant quinze ans, boit une gorgée de champagne, se pourlèche les moustaches, qu'il porte longues et taillées en biseau pour oublier sa calvitie. Et puis il raconte qu'il a quitté la banque pour devenir guide de pêche à la mouche.

Je ne suis pas pêcheur, je ne connais rien à la pêche et la pêche me connaît très mal. Je sais juste que les mouches sont des « leurres » colorés. Des insectes, des éphémères que les pêcheurs roués reconstituent avec des plumes d'oiseaux dans le dessein de tromper ces nigauds de poissons. On parle de pêche à la mouche, on devrait dire pêche à l'éphémère.

J'ai appris ça au début de mes études de droit, lors de mes séances multimédias. C'était avant l'invention de Google. Je ne dormais jamais avant cinq heures du matin, ça me donnait un genre, je me prenais pour les mecs qui écrivaient les livres que je lisais. Je ne parlais à personne. J'étais probablement malheureux. Je ne sais plus du tout pourquoi.

Chaque nuit, je lisais un bouquin en écoutant de la musique devant la télé allumée sans le son. C'était sur TF1, je n'avais aucun surmoi, l'émission s'appelait Histoires naturelles et parlait de chasse ou de pêche. Je n'aime pas la chasse. Je ne la déteste pas. Je n'ai pas d'avis. Je comprends les prédateurs. Je comprends les proies. Je suis un peu suisse sur les questions de chasse. Mais à l'époque, elles m'aidaient à me détendre, ces interminables émissions pleines de boue, de bottes, de gibier paniqué et d'aubes humides. Et entre deux regards furtifs, je continuais ma lecture.

Une fois, j'ai été forcé de déposer mon bouquin, *Le Château* de Kafka, et j'ai monté le son. Deux types pêchaient à la mouche. J'ai immédiatement reconnu l'un d'entre eux. C'était le guitariste du groupe Indochine, Dominique Nicolas, le compositeur de *L'Aventurier* ou de *Trois nuits par semaine*.

J'aimais bien Indochine quand j'avais treize ans et il m'arrive encore aujourd'hui d'écouter leurs titres en cachette, ça me coûte de le dire.

Dans l'émission, Dominique Nicolas jouait le rôle du débutant, il apprenait à confectionner des mouches. Je voyais ses doigts aux ongles noirs onduler dans des plumes de perdrix roses. J'étais fasciné de voir un type jeune, un rocker, s'adonner à cette passion bucolique. C'était un tigre qui dévorait de l'herbe.

Dans la maison des Cévennes, autour de la table, encouragé par deux coupes de champagne, incapable de supporter le silence et désireux de créer des sujets de conversation, je raconte au monsieur chauve cette seule expérience de pêche à la mouche devant la télévision. Ses yeux pétillent de reconnaissance. Il me répond.

« Oui, le gars qui lui apprenait à faire les mouches, c'était moi ! »

Cet inconnu qui rit tout le temps était présent dans cette émission vue un soir de hasard, rediffusée cent fois pour nourrir les insomnies des gens qui ne chassent pas et dont je garde, pour des raisons que j'ignore, un souvenir précis.

Enthousiaste, il me raconte qu'il est resté en contact avec Dominique Nicolas. Le guitariste continue la musique dans son coin. Surtout, il pêche à la mouche. Écrit des livres et tourne des films sur la pêche à la mouche. C'est sa vie : pêcheur à la mouche. L'aventurier.

Certaines tables de mariage sont des machines à remonter le temps, des DeLorean rondes qui n'ont pas besoin de routes. Parfois, on en rigole. Parfois, moins. À côté du pêcheur, il y a Rachel. Vieille dame aux cheveux teints en noir, quatre-vingts ans, visage clair, corps minuscule et voix chancelante. Champagne. On cause. Elle me parle de la rafle du Vél' d'Hiv. D'une petite fille de huit ans qui s'est évadée du convoi à contrecœur, des dix-sept membres de sa famille assassinés à Auschwitz.

Cette petite fille ne voulait pas quitter le convoi, petite conne, elle voulait rester avec sa mère et s'accrochait comme une damnée à sa jupe. Alors la mère a donné une claque à la petite fille pour qu'elle lâche sa jupe. Et cette claque fut le dernier geste que Rachel reçut de sa mère. Elle décrit la fuite, les cachettes, les Justes et les autres, tous les autres. Moi j'écoute, on écoute tous, le vieux copain-ami érodé, sa femme piquante, le pêcheur et même le fantôme de ma professeur de physique. Une mouche veut passer au-dessus de notre table, mais elle se ravise et écoute.

Rachel a passé sa vie à raconter. C'est devenu son job. C'est elle qui a fait accoler les plaques à la mémoire des enfants déportés au fronton des écoles du XXe arrondissement parisien. Un bouquin, une BD et les visites dans les écoles. Raconter sans relâche, expliquer, témoigner.

J'ai vu mille films sur l'Holocauste, lu mille livres, je n'avais jamais discuté directement avec un rescapé. L'Histoire incarnée dans une petite bouche, un petit corps, un visage très pâle et de très grands yeux noirs. Bientôt, il n'y aura plus de corps pour incarner l'Histoire. Quand tu liras ces lignes, Anna, il n'y aura plus de témoin direct. Il n'y aura plus que les livres, les documents, Imre Kertész, Primo Levi, Art Spiegelman, Serge Klarsfeld, Alain Resnais et tous les autres, il faudra les lire, les voir, les relire, les revoir, il faudra apprendre à ne pas oublier.

Alexander

Pendant l'automne qui a suivi sa première prise d'air et son éjection dans le monde réel, j'ai souvent baladé ma première fille au cimetière du Père-Lachaise. J'essayais de ne pas me casser la figure sur le pavé humide couvert de feuilles jaunes avec mon bébé minuscule collé contre le ventre. Elle me tenait chaud au nombril tandis que les secousses de mes pas l'endormaient.

Nous y passions des heures. Je m'amusais à apprendre par cœur la localisation exacte des tombes célèbres du cimetière afin d'y amener plus tard mes amis en crânant un peu ; tu vois, ici c'est Géricault et là Daladier.

Le Père-Lachaise est une ville dans la ville, avec ses quartiers haussmanniens, ses poches baroques, ses carrés romantiques, ses espaces juif, chinois, russe, ses stars, ses quidams, ses riches bourgeois enterrés dans le faste de grasses chapelles, ses pauvres, répandus en traînées de cendres sur les pelouses du

« jardin des souvenirs » et ses touristes qui viennent s'offrir un agréable petit moment morbide ou simplement se recueillir devant l'idole. J'ai toujours aimé les balades au cimetière : elles donnent leur juste proportion à nos tracas comme à nos enthousiasmes, elles dégonflent nos baudruches. Elles m'apaisent.

Avant de commencer nos explorations, j'ai présenté à ma fille qui ronflait la petite chapelle de ses arrière-grands-parents russo-arméniens, Samuel et Anna Kanjounzeff, plantée au bord de la Transversale 3, division 96. Un caveau élégant monté de vieilles pierres, sans prétention, sobre, à l'architecture simple et équilibrée, dans lequel il me semble qu'il doit faire bon pourrir.

Juste derrière eux reposent Amedeo Modigliani et sa jeune maîtresse Jeanne Hébuterne, qui, à vingt et un ans et enceinte de huit mois, se jeta du cinquième étage de l'appartement de ses parents en apprenant la mort de son amant. Tous les peintres maudits n'ont pas la chance d'être suivis par leur bien-aimée. Ni d'être enterrés à côté de mes grands-parents.

Édith Piaf et Henri Salvador sont aussi leurs voisins, de l'autre côté de la Transversale, division 97. La tombe de Piaf est un bloc de marbre grisonnant, terne et triste, usiné à la chaîne, comme en vomissent tous les cimetières de

France. Au moins celle de Salvador est-elle blanche. Elle rappelle son sourire et ses chansons. Je suis sans doute snob, mais je préfère passer toute ma mort dans la chouette chapelle finement ciselée de mes grands-parents que dans la sépulture déprimante de Piaf.

Après quelques semaines, le Père-Lachaise m'a livré tous ses secrets. Guillaume Apollinaire, Honoré de Balzac, Oscar Wilde, Marcel Proust, Georges Seurat, Pierre Desproges, Sarah Bernhardt, Yves Montand, Simone Signoret… Je sais repérer leur tombe les yeux fermés. J'ai même touché le sexe en érection du gisant de Victor Noir, patiné par les mains des femmes qui espèrent une grossesse. Victor fut bêtement buté un jour d'orgueil, le matin du 10 janvier 1870. Un seul PAN et tout s'achève. Le journaliste pouvait-il imaginer en s'endormant la veille de son duel que, plus d'un siècle après sa mort, cinq cent trente-six saisons exactement, son pénis sculpté dans le bronze symboliserait la fertilité ? La vie ?

Comme beaucoup d'autres, j'ai été pris de vertiges en respirant les parfums des couronnes déposées tous les jours sur la stèle d'Allan Kardec. Le fondateur du spiritisme a plus de groupies que Jim Morrison. Comme beaucoup d'autres, je me suis moqué des complexes de Félix de Beaujour, dont le monument, une immense cheminée pyramidale qui toise tout le cimetière, étale au grand jour les rêves de grandeur du diplomate.

Et puis, comme tous les amateurs de hachis, j'ai déposé religieusement des pommes de terre fraîches sur le mausolée d'Antoine Parmentier, des Charlotte bio à deux euros le kilo achetées chez ma maraîchère rue de la Chine. Je n'ai pas embrassé la sculpture que Jean Epstein réalisa pour Oscar Wilde, constellée de marques de rouge à lèvres, mais le cœur y était. Et puis j'ai recoiffé mentalement le buste de Balzac. C'est quand même idiot d'être mal coiffé pour l'éternité.

Comme tous ceux qui errent longtemps dans ce cimetière, un beau jour, j'en ai eu marre des célébrités. Je me suis mis à scruter les caveaux anonymes. J'ai appris à aimer ces tombes, à reconnaître de loin leur architecture, à renifler leur odeur de mousse, de granit et de fleurs.

Et puis, j'ai rencontré Alexander.

Alexander dispose d'une tombe blanche immaculée, un rectangle parfait surmonté par les arêtes d'un parallélépipède ouvert sur le ciel. Son nom est écrit en cyrillique. Il est né le même jour que moi. La première fois que je l'ai vu, ça m'a intrigué, un peu remué. Mort à vingt et un ans. Il y a un médaillon avec sa photo sur sa tombe toute blanche. Un beau garçon, brun avec de grands yeux sombres, un immense sourire aussi blanc que sa tombe et cette étincelle dans le regard que j'avais aussi à son âge, que tout le monde a eue à son âge, une particule d'insolence, de défi, un reflet de jeunesse sûre d'elle, une espièglerie immortelle.

Ce type, c'était un autre moi, un moi parallèle allongé face contre ciel au bout d'un chemin que j'aurais pu moi aussi emprunter. À quoi cela s'est-il joué ? Moi gisant, lui debout devant moi avec son bébé dans les bras. À quoi cela a-t-il bien pu tenir ? De chaque côté de la tombe, c'est à peu de chose près la même équation, mais une minuscule variante dans les données est venue tout chambouler, mauvais coup de frein, glace sur l'asphalte, virus, gène, manque de bol. Je respire. Pas lui.

Ça ne s'est pas fait en un jour, mais, je suis devenu proche d'Alexander. Je lui ai présenté ma fille. Je passais du temps à ses côtés, je crois qu'il était content quand il me voyait parce que je lui parlais normalement, sans faire de chichis, sans cérémonie. Je lui racontais ma vie, il me racontait sa mort. Ça peut paraître bizarre aujourd'hui, mais c'était vrai. Le seul témoin de cette amitié étrange dormait contre mon ventre.

Cette relation a duré trois mois. Trois mois de discussions dans le silence des gerbes de vapeur que j'expirais pour deux. Pendant tout ce temps, je suis allé au Père-Lachaise chaque week-end. Je n'en parlais à personne. J'allais voir Alex. Et je m'enfuyais quand ses parents arrivaient.

Ils débarquaient toujours à la même heure, samedi et dimanche, à quinze heures pile. Ils ne disaient rien, ne priaient pas, ne s'agenouillaient pas. Ils récuraient la tombe. Ils connaissaient les gestes qu'ils avaient à faire. Eau savonneuse, éponge, remplacement des plantes : la tombe d'Alex était toujours extraordinairement propre, presque clinquante, comme si le savon pouvait éloigner la pourriture, les insectes, comme si la tombe, par un truchement étrange, était devenue le corps d'Alex. À coups d'éponge, il fallait rattraper ce qui n'avait pas été fait du temps où il respirait, le soigner, le dorloter, le conserver, le momifier, lui donner cet éclat qui manquait à sa vraie dépouille, inaccessible, un mètre plus bas.

Moi je me cachais et je les regardais faire. J'étais impressionné par leur ponctualité, leurs gestes, toujours les mêmes, l'amour transformé en mécanique de précision. Avant de commencer, ils touchaient la tombe avec la main en baissant la tête. Quelques secondes à peine. Peut-être une coutume orthodoxe. Je ne sais pas. Ils ne s'appesantissaient pas, jamais, hop, c'était tout de suite place au nettoyage.

Je me suis moqué d'Alex, je lui ai dit qu'il n'y en avait pas deux dans tout le cimetière à avoir papa-maman sur le dos comme ça à vingt et un ans. Lui me rembarrait gentiment. Il disait que j'étais aussi niais avec ma fille que ses parents l'étaient avec lui. On était potes pour la vie et pour la mort aussi.

Tout a pris fin début février. Je n'étais pas au Père-Lachaise. J'en avais un peu marre des tombes, des silences, des allées froides et des arbres nus. J'étais juste au square. J'écoutais les cris des enfants. Assis sur un banc, ma fille endormie sur le ventre. Et puis je l'ai vue arriver. Elle marchait lentement. C'était la mère d'Alexander.

Le même visage que ma mère, les mêmes pommettes, les mêmes yeux en amande, le même âge. Je me suis fait tout petit, recroquevillé, transparent. Elle ne m'avait jamais repéré, je le savais, je filais trop vite, elle était trop concentrée sur ses tâches.

J'étais mal à l'aise. Elle s'est approchée, je pensais qu'elle allait juste passer devant moi, continuer son chemin. Mais non. Elle s'est assise à côté de moi, sur le même banc. Elle a aperçu ma fille endormie. Elle a plissé les yeux. Je ne savais pas quoi dire. J'étais tétanisé. Elle a parlé. Je n'ai rien entendu. J'ai juste dit oui, alors elle a pris ma fille dans ses bras.

Ma petite s'est réveillée et a commencé à babiller. La mère d'Alex l'a regardée longtemps dans les yeux, sans le sourire habituel des petits vieux dans ces occasions-là. C'était autre chose, elle sondait, elle creusait dans les pupilles de ma fille, à la recherche de quelque chose. Elle a fini par sourire quand même et ça lui a mangé tout le visage. Et puis elle s'est retournée vers moi.

« Moi aussi, j'ai eu un enfant. »

Elle m'a dit ça comme si on avait tous les deux quatre-vingt-dix ans, qu'on se pissait dessus dans notre maison de retraite et qu'on n'avait plus de secret à se cacher maintenant qu'on était arrivés au bout. J'avais envie de lui dire que je savais, que je connaissais son fils, qu'on était nés le même jour, qu'on était des amis. Mais je n'ai pas osé, j'avais peur de casser quelque chose, j'avais peur qu'elle ne comprenne pas, j'avais peur de lui faire mal.

Elle m'a rendu ma fille, elle s'est levée lentement, elle m'a regardé et elle m'a dit :

« Il faut en profiter, ils grandissent vite. »

Je suis resté longtemps avec ma fille sur mon banc. Depuis, je vais moins au Père-Lachaise, mais chaque fois que j'ose m'y rendre je demande à Alexander des nouvelles de sa mère.

Les Tuniques Bleues

Avant de devenir un homme, un vrai, de ceux qui préfèrent être achevés d'une balle dans la tête plutôt que de subir un jour de plus cette foutue rhinopharyngite, j'étais un enfant comme les autres : j'adorais avoir un peu de fièvre. La fièvre fermait les portes de l'école et ouvrait celle d'un monde merveilleux dont les frontières étaient formées par ma couette. Je buvais les soupes chaudes de légumes « passés » de ma mère dans une assiette creuse posée sur un plateau, j'en foutais toujours un peu sur la couette, mais ce n'était pas grave, j'étais malade ; toute la famille se montrait avenante, patiente, aimante, et puis surtout, je retrouvais le caporal Blutch et le sergent Chesterfield, mes fidèles compagnons de fièvre, juchés sur leur monture pour de nouvelles aventures. C'était la magie de la maladie : elle déposait sur mon lit des bandes dessinées neuves, parmi lesquelles des albums des Tuniques Bleues, que je picorais le plus lentement possible, pour faire durer le plaisir, comme avec une pâtisserie précieuse, au chaud, tout au fond de ma cabane de draps. Quand je serai à l'autre bout de mon histoire, recroquevillé comme du bois sec dans mon lit d'hôpital, je ne veux surtout pas qu'on me serve de la philosophie ou de la littérature pour crever apaisé dans les lettres, je veux lâcher mon dernier râle avec Blutch et Chesterfield, répondre une dernière fois au commandement du capitaine Stark, le chef du XXIIe régiment de cavalerie des États-Unis d'Amérique, et foncer sur la fièvre, sabre au clair, sans aucune chance d'en réchapper et sans regret : « Chargeeeez ! »

Les lattes étaient froides

Le feu était vert. Ma mère était au volant. Elle ne démarrait pas. Elle ne parlait pas. En temps normal, ma mère parlait tout le temps. Elle parlait et elle oubliait qu'elle parlait comme une rivière oublie qu'elle coule. Le flot des mots frayait son chemin dans le réel et façonnait le quotidien : « Au fait Irina, tu as pensé à appeler ta grand-mère pour la remercier pour le cadeau ? Vous savez que la semaine prochaine vos oncles viennent à la maison ? Bon, ce soir, je vous prépare un bœuf Strogonoff ? »

Mais cette fois-ci, ma mère se taisait. Il était 8 h 26. Le feu était vert. On se caillait dans la voiture. Maman ne démarrait pas. Et on allait encore être en retard au lycée.

La voiture, d'abord, ce n'était pas une voiture, c'était une Renault 10, une guimbarde cubique en métal blanc avec un moteur, des sièges et quatre vitesses au volant, déjà une pièce de collection dans les années quatre-vingt. On l'avait achetée une bouchée de pain à la voisine, Madame Petit, qui ne conduisait jamais. Elle avait une bouille ronde de vieille chouette hulotte posée sur un fût de vin, Madame Petit, des demi-lunes en équilibre sur le bout de son nez épaté, un œil mobile, perçant sous la cataracte.

Elle n'était pas du tout comme ces petits vieux que l'on croise parfois avec leur chien, tout secs et résignés et dont on ne sait guère s'ils regrettent d'être déjà vieux ou de ne pas avoir assez vécu. Il n'y avait qu'à voir ses sourires en coin, les stries rigolotes que faisaient les rides dans la chair blanche de son visage, non c'était sûr, elle avait vécu, Madame Petit, et j'adorais écouter son vocabulaire de flibustier quand je jouais dans le jardin et qu'elle pestait contre les mauvaises herbes qui lui étouffaient ses rosiers : « Ah ça, c'est sûr, j'en aurai chié, ah ça, j'en aurai chié ! » Et ça me faisait rire d'entendre ses jurons parce que dès qu'elle me voyait, Madame Petit se transformait en petite vieille sirupeuse avec une voix douce comme l'intérieur du coude d'un nouveau-né, et son sourire laissait voir ses dents jaunies par le tabac tandis que ses grosses mains roses se posaient comme deux araignées joufflues sur mes cheveux blonds.

Madame Petit, c'était mon distributeur de sucre. Elle me refilait des Petit Lu, elle en gavait aussi le chien, Raspoutine, mon gros loup qui faisait peur à tout le monde, y compris à lui-même lorsqu'on mettait un miroir devant sa truffe, mais pas à Madame Petit. Je ne savais pas grand-chose de ma voisine, on ne sait jamais vraiment rien de ses voisins de banlieue, ils sont souvent aussi discrets que des agents secrets, ils apparaissent le matin, disparaissent toute la journée et réapparaissent le soir venu, en souriant comme si de rien n'était, et on ne sait jamais vraiment ce qu'ils ont fait, quels crimes ils ont commis dans la journée. J'avais entendu je ne sais où qu'elle avait roulé sa bosse dans un restaurant de routiers, Madame Petit. Je n'imaginais pas qu'elle avait pu être jolie, qu'elle avait eu la peau élastique et les hanches appétissantes et que des hommes avaient croqué dans Madame Petit comme moi je croquais dans mes Petit Lu.

Le feu était toujours au vert, nous en étions là et maman ne démarrait toujours pas. Ce silence inhabituel nous fichait un peu les jetons, à mes sœurs et moi. On n'avait pas l'habitude. Tout doucement quelque chose montait du fond de ce silence, pas une hydre sortie des abysses ou un fait divers des pages du journal, juste une tension blanche sur laquelle tout restait à écrire. Maman oubliait souvent les feux verts, mais c'était parce qu'elle causait, elle creusait son chemin avec ses mots. Généralement, l'un de nous se sacrifiait et l'interrompait : « Maman, c'est vert ! » Et ma mère, furieuse, démarrait en trombe : « Oui, je vois bien que c'est vert, vous êtes vraiment impatients, c'est incroyable, il vous faut tout, tout de suite, non mais vraiment, je vois bien que c'est vert ! » et l'on se regardait en riant sous cape et chaque matin c'était le même cinéma et nous arrivions toujours en retard. Mais ce matin-là, aucun de nous n'osait moufter.

Ma mère enseignait le russe. Elle détonnait dans l'ordonnancement harmonieux de ce bahut privé, apportait une touche de déséquilibre, un peu d'air, et sa façon d'être correspondait tout à fait à ce bon mot de Madame de Staël : « Les Russes n'atteignent jamais leurs buts. Ils les dépassent. » Ma mère manquait absolument toujours ses objectifs. Elle cherchait dix fois par jour les lunettes qu'elle portait sur son front, oubliait fréquemment ce qu'elle était en train de dire, employait un mot pour un autre, « Kolia, tu as rapporté ton "dictionnaire" ? » en lieu et place de « livret scolaire », et je traduisais instantanément, après tout, c'était ma langue « maternelle », bref, elle visait un but, et, souriante, atterrissait toujours ailleurs.

Elle avait réussi à organiser un voyage en URSS alors que le directeur du lycée était un curé anticommuniste primaire. Ce voyage était un prétexte pour retourner sur les terres de nos ancêtres, même si les Rouges avaient massacré la moitié de notre famille en 1917. Je découvrais Moscou, Kiev, Leningrad alors que la guerre froide s'achevait et que cet imbécile de Sting chantait « *If the Russians love their children too* ». Ce voyage m'avait vacciné contre l'ethnocentrisme de cet Occident gras du bide, de cette France tête à claques et donneuse de leçons.

Lors de ce périple, j'avais rencontré le premier amour de ma vie, celle que je finirais par embrasser sous un saule pleureur et par larguer au bord d'un étang, j'avais vu la mer Baltique gelée, je m'étais baigné dans une piscine pleine de vapeur à la place de laquelle est aujourd'hui érigée la plus importante cathédrale de Russie, j'avais marché tout seul sur un trottoir moscovite recouvert de givre, tout seul chez les méchants ! On avait échangé nos jeans Levi's contre du caviar qu'on dévorait à la petite cuiller par –30°C, visité le mausolée de Lénine, regardé la relève de la garde et écouté le ding-ding-ding-dong-dong-ding-dong si particulier des cloches de l'horloge du Kremlin.

Plus tard, après l'implosion de l'URSS, portée par son intuition, ma mère s'était occupée d'artistes russes, un Sibérien et un Moscovite qui n'avaient jamais vu la mer, elle les avait rencontrés dans le métro parisien, ils jouaient de la musique traditionnelle, accordéon chromatique, balalaïka, mais de très haut niveau, selon ma mère, alors elle les avait emmenés se baigner, en slip et en plein mois de février, dans la mer du Nord... Elle s'était improvisée leur agent et organisait partout des concerts qui remportaient un certain succès. Âgés d'une trentaine d'années, Andreï et Roman étaient des *Homo sovieticus* dans toute leur splendeur patinée, ils découvraient l'Occident, la consommation, et surtout le ketchup. Ils piquaient les fruits exotiques des plateaux de décoration dans les hôtels où ils séjournaient, ajoutaient du Heinz à leur sole meunière ; à la campagne, ils faisaient sécher du poisson cru pêché à l'étang dans des pots de peinture vides mais encore pleins de produits dangereux, dont l'inhalation aurait probablement tué les poissons en deux secondes si seulement Roman et Andreï ne leur avaient déjà fracassé le crâne à coups de marteau.

Le trio qu'ils formaient avec ma mère, qui continuait à tout oublier et à tout perdre, n'avait pas de limite. Bientôt, portés par leur succès, ils jouaient dans les plus grandes cathédrales françaises, Chartres, Strasbourg. Ma mère avait du nez. L'un d'eux est devenu un célèbre chef d'orchestre de Saint-Pétersbourg, l'autre est toujours l'un des cinq meilleurs accordéonistes chromatiques au monde, capable de recréer le son d'un orchestre symphonique avec son seul instrument.

À la maison, le folklore slave de ma mère entrait en émulation avec celui de mon père, né et élevé à Santiago du Chili jusqu'à ses dix-sept ans, naturellement chaleureux et expansif au regard des standards français. Pour le dire clairement, il n'y en avait pas un pour rattraper l'autre. J'ai le souvenir d'une scène très brève, dans un restaurant d'autoroute, qui résume ce que nous avons pu vivre avec mes sœurs. Nous venons de finir de déjeuner. Il reste plusieurs morceaux de steaks et des frites dans les assiettes. Mon père suggère de discrètement glisser les reliefs du repas dans une serviette en papier pour les rapporter à Raspoutine qui est en train d'ahaner, la langue pendante, dans la R25 GTS garée dehors, en épi, entre une CX Citroën et une Renault Fuego, mon gros chien partageant son air avec le chat Sweetie, deux colombes et le lapin nain dont le nez est bouffé par une horrible myxomatose. Au moment où ma mère applique le plan, telle une voleuse de poules, glissant sur ses genoux une serviette et faisant tomber l'un après l'autre bouts de steaks graisseux et vieilles frites froides, un serveur surgit, avise mes parents, soudain rouges de honte : « Vous ne voulez pas plutôt que je vous emballe ça dans un sac ? » Voilà. C'était un peu ça la touche spéciale de mes parents : savoir créer de l'aventure inutile avec un petit rien. Pour l'anecdote, cinquante kilomètres après ce moment glorieux, sur la nationale 10, ma sœur Helena vomira dans la voiture (le steak), on s'arrêtera sur une aire pour nettoyer, le chat s'enfuira, on le cherchera dans les bottes de paille sur les champs bordant la nationale pendant deux heures, ma mère équipée d'un verre qu'elle fera tinter avec une cuiller, psalmodiant des « Sweetie ! Sweetie ! » éplorés, on retrouvera le chat terrorisé qui griffera mon père au visage, on fera encore cent kilomètres, ma mère s'apercevra qu'elle a perdu son alliance qu'elle avait ôtée pour nettoyer le vomi, on fera demi-tour, on retrouvera la bague, etc.

À leur façon, ils étaient tous les deux déracinés. Mon père, pétri de culture sud-américaine, ma mère, née à Paris, mais exfiltrée par la force de l'histoire d'une Russie fantasmée et qui allait passer sa vie à arroser méticuleusement ses racines alors que ses parents, tous les deux russes, avaient décidé de lui parler en français, avec un accent terrible, pour mieux l'intégrer.

Sortis tous les deux d'une bande dessinée, mes parents étaient sans doute faits pour se rencontrer, probablement pas pour vieillir ensemble.

Le feu était toujours vert. Une chance, personne n'attendait derrière nous. Pas de klaxon, pas de trace de cet agacement qu'on ressent à distance, à travers les pare-brise. De ma place à l'arrière, je regardais ma mère dans le rétroviseur. Elle venait de dépasser la quarantaine. Elle était encore belle. Bien plus tard, un jour, elle me raconta cet instant critique qui l'attendait au coin d'une journée lambda, quand, apprêtée, elle sortit de chez elle et s'aperçut pour la première fois qu'aucun homme ne se retournait sur son sillage. C'était le premier apprentissage de la transparence physique et, comme pour certains insectes, le premier stade du passage à un autre état, une métamorphose au bout de laquelle la peau, les traits et la fermeté des muscles n'ont plus la même importance, où autre chose sourd au premier plan, qu'il faut inventer tout seul, la nature ne nous a pas conçus pour vivre jusqu'à quatre-vingts ans.

En scrutant le visage de ma mère, je songeais à ce qu'il s'était passé la nuit précédente, ce détail qui changeait tout. Alors que je me tournais dans mon lit, cherchant le sommeil, un bruit, un éclat que je n'avais jamais entendu, un son étrange qui ne ressemblait à rien de connu avait attiré mon attention. Je m'étais levé, j'avais repoussé le tapis et m'étais allongé sur le parquet. Les lattes étaient froides. Des mots que je n'avais jamais entendus m'étaient parvenus, des cris, des pleurs, de la colère.

On n'était pas habitués à la bagarre chez nous. On était l'image vivante de la famille parfaite, harmonieuse, souriez pour la photo les enfants ! Une pub, une famille témoin. Et pour la première fois, le monde réel apparaissait avec la banalité crue des petits effondrements ordinaires. De retour dans mon lit, je m'étais convaincu que je n'avais rien entendu, j'avais remonté ma couette au-dessus de ma tête. C'était l'enfance qui se défendait.

Pourtant, il y a un avant et un après cette nuit-là.

Le feu était vert, maman, on allait être encore à la bourre. On n'entendait que le ronronnement du moteur. On attendait. On te laissait errer encore un peu dans tes songes. Mais moi, j'avais compris. C'était râpé pour les Noëls en famille, pour les vacances en famille, et pour la famille tout court, à vrai dire, c'était mal barré.

Le trou

Mon père creuse. Je creuse. Voilà, ça va finir comme ça. C'est difficile, c'est long d'arriver à l'essentiel. Il n'y a plus rien d'autre à faire. Donner des coups de pelle dans la terre dure au pied du grand sapin sous la neige fondue. On ne parle pas. Il est trois heures du matin. On n'avance pas. Creuser en janvier, c'était pas une bonne idée. J'ai les mains gelées, le front brûlant et le nez qui coule.

On a galéré pour trouver le bon emplacement. Il ne fallait pas tomber sur les autres. Depuis cinquante ans, on creuse toujours sous le grand sapin. Du coup, il atteint les vingt mètres de haut, l'animal.

Les sons sont étouffés par la nuit, janvier, l'air comprimé par le froid, on creuse dans du coton noir et dur. On respire comme des paquebots des années vingt. Nos vapeurs s'entrecroisent et dessinent de jolies volutes. Je fais une pause. La lampe torche est par terre et son faisceau enveloppe la silhouette de mon père qui continue de creuser. Son ombre menaçante s'étale dans le champ. Raspoutine est à côté, dans le drap blanc.

Il était toujours fourré avec nous, ce chien. Dans les voyages. À la maison. Avec sa gueule de loup, ses grands yeux de biche, ses longs cils et sa langue trop longue dont le bout dépassait quand il dormait. J'avais huit ans quand on l'a eu, vingt-deux quand on l'a perdu.

Il avait été un partenaire de jeu idéal. Nous étions gamins en même temps. J'ai ramassé consciencieusement ses crottes dans le jardin, je lui ai lancé des centaines de bâtons qu'il a toujours rapportés comme un couillon de chien, yoyo horizontal, boomerang à poils, et puis il a grandi plus vite que moi.

On courait ensemble l'été, à la campagne, sur un chemin de pierres blanches, des footings de dix bornes sous le cagnard, et il se foutait de moi, caracolant en tête, puis il se figeait, revenait, poursuivait des mouches ou des proies imaginaires. Avec le temps, il a cessé sa course erratique de jeune chien fou, il s'est mis à trotter à mon rythme, ni plus, ni moins, la langue pendante sur le côté. Plus tard encore, il n'a plus réussi à suivre, il peinait vingt mètres derrière moi, prêt à crever la gueule ouverte pour ne pas me perdre de vue et j'étais obligé de raccourcir la foulée pour l'attendre. Voilà, il était vieux.

Les nuits de janvier à la campagne, ça gèle et toute la nature est morte. C'est comme si les arbres ne servaient plus à rien et les paysages ressemblent à de très vieilles femmes sèches qui n'ont plus la force de se maquiller.

Papa fait une pause à son tour et s'allume un cigarillo. Je descends dans le trou. Il me reste des forces et je voulais un trou profond, quelque chose de net, pas un trou d'amateur, mais je sens que ce n'est déjà plus de la rage qui me fait tenir, ce n'est plus de la peine, c'est quelque chose de plus doux qui tend mes muscles.

On l'appelait Ras', ou Poutine, Poupoutche, plus une centaine d'autres surnoms tous plus imbéciles les uns que les autres. Raspoutine, c'était quand il faisait une connerie, quand il bouffait une poule pendant les vacances à la campagne, coursait un de ses congénères ou mendiait un os. Il avait été là à chaque instant, témoin silencieux de tout ce qui construit une enfance, une jeunesse : quand je suis rentré de ma première cuite, de mon premier rendez-vous, quand je me suis fait casser la gueule, quand j'ai eu mon bac, quand j'ai fumé ma première clope en cachette, quand j'étais dans le canapé ce jour de printemps et que le parfum de l'herbe coupée dilatait mes pupilles, il était là. Il était toujours là.

On avait l'impression qu'il souriait tout le temps, un peu comme les dauphins avec leur gueule figée dans la joie. Il y a une innocence infinie dans l'œil d'un chien, une jeunesse éternelle dans le cristallin qui contrarie le pourrissement des muscles et les années dans les os. Sur la fin, c'était moins drôle, il pissait partout, son arrière-train se carapatait, on avait attendu le plus longtemps possible, mais il avait quatorze ans et un cancer généralisé, il était au bout de ce qu'on peut réaliser quand on vit à quatre pattes, qu'on course des bâtons et des mouches et qu'on ahane au premier rayon de soleil.

Je n'ai plus de chien, je n'ai plus de chat, mais je sais que leur présence sans jugement, sans morale, leur présence de meuble toujours heureux avait quelque chose de rassurant. Moi, ça me rassurait de me faire caresser la paume de la main par les poils de mon chien.

Je sors du trou, je suis épuisé, en sueur et gelé. Papa me remplace, il saute, le cigarillo toujours à la bouche, on dirait Clint. Il creuse. Je m'allume une clope. Je vois le bout incandescent de son cigarillo monter et descendre comme une luciole.

Au cours d'un reportage chez un crémateur animalier, j'avais feuilleté le livre d'or noirci par les gens quand ils viennent déposer leur chien, leur chat et qu'ils repartent avec une urne minuscule. J'étais parti là-bas avec l'idée de bien rigoler. J'étais revenu avec la gueule de travers et toute la solitude des hommes sur les épaules. Des hommes à l'écriture tremblante qui parlent de leur animal de compagnie comme de leur enfant, le dernier remède à l'isolement, le vaccin aux journées nues, le dernier lien. On ne doit pas souvent être trahi par un animal.

J'ai souvent compté les trucs en vies de chien, sept ans par sept ans. J'avais trois ans quand c'est arrivé, trois ans en vie de chien. Un soir, on s'est réunis en famille. Raspoutine respirait péniblement dans le couloir. On a fermé la porte du salon comme s'il pouvait comprendre. Papa a dit qu'on ne pouvait plus le garder comme ça. Maman a ajouté qu'il fallait le libérer. Mes sœurs et moi, nous étions grands, alors on n'a rien dit, on était d'accord. On avait peur de la réaction de ma sœur Irina, parce que c'était un peu son chien, elle l'avait eu pour ses dix ans, elle y était plus attachée que tous les autres, mais elle a opiné du chef sans rien dire. Elle n'en a jamais parlé après. Il doit y avoir des trucs qu'on garde pour soi dans des lieux sacrés, tout au fond, et qui ne refont jamais surface, même dans l'humour, même des années après. Les épaves sous-marines de nos plus grands renoncements.

Le dernier soir, je suis redescendu dans la nuit, comme un spéléologue, avec des cordes plein la tête, pour pas me casser la gueule.

Peut-être que mes sœurs et mes parents ont fait pareil, discrètement. J'ai posé sa grosse tête de loup sur mes genoux, il avait comme une crinière de lion, très douce, des poils très longs, noir et feu, je l'ai caressé. Il m'a regardé avec cet air de dire : « C'est pas grave, ça va aller, n'aie pas peur, c'est pas grave. »

Il m'observait attentivement et j'essayais de comprendre ce que disait son regard. Je me suis aperçu qu'il m'avait ouvert la voie et peut-être que ses yeux ne disaient rien d'autre : « Voilà, Kolia, c'est ça, en résumé, une enfance, une adolescence, l'âge adulte, la maturité, la vieillesse, le naufrage, c'est ça une vie. » Voir vivre un chien, le voir mourir, ça sert peut-être à ça, à ne pas mourir soi-même au dernier moment, à commencer plus tôt.

On a pris rendez-vous chez le vétérinaire un vendredi après-midi. On y est allés tous les six. Avec mon père, on a aidé Raspoutine à monter dans le coffre. Il était excité comme un grabataire qui sent venir l'infirmière gironde et son décolleté parfumé. Il devait croire qu'on partait en forêt. Il allait vite déchanter.

Il avait des yeux de berger, c'est-à-dire qu'il y avait pas mal de trucs qui nageaient dans son regard et c'était difficile de faire la part entre ce qu'on y ajoutait et ce qu'il s'y tramait vraiment. On est entrés. La vétérinaire était plutôt du genre cool, deux paquets de clopes par jour, la cinquantaine joyeuse et déglinguée. Une petite bonne femme toute sèche avec de grands yeux clairs qui avait lâché son mari et ses trois fils pour se mettre en couple avec son aide-soignante, une Hollandaise géante et un peu brutale qui matait les molosses les plus furieux en levant un sourcil.

J'avais un peu peur de la grande Hollandaise, je ne voulais pas qu'elle soulève Raspoutine comme un paquet de viande morte. Je me trompais. Elle a été très délicate au contraire, elle a soulevé ses cinquante kilos comme si c'était un piano Steinway et je comprenais soudain ce que la véto lui trouvait, à cette grande gigue de Hollandaise. Le chien n'a pas moufté alors que d'habitude il se cachait sous la table.

Les deux blouses blanches ont chuchoté. Elles nous ont laissés un moment avec lui. Mon père a bombé le torse, il a posé la main sur la tête du chien, il a inspiré un coup et puis il est parti fumer des cigarillos. Il avait euthanasié son chien précédent tout seul, en secret, à la campagne, quand on était gamins, et je crois que ce souvenir l'avait anesthésié, il ne pouvait plus, il ne voulait plus, il se protégeait.

Mes sœurs et ma mère pleuraient comme des Roumaines officielles, les femmes pleurent en Europe de l'Est, c'est la tradition, ça chasse les mauvais esprits. Je ne savais pas trop comment me comporter, j'étais censé être un mec, ne pas pleurer en public, alors j'étais figé comme une truffe héroïque dans un arrêt sur image au moment le plus dramatique du film.

Il y avait tant de peine, tant de souvenirs dans cette petite pièce en carrelage blanc et le cœur du chien qui battait encore et son regard, putain, son long regard qui semblait dire : « C'est bon, je crois que je suis prêt », ou « Je vous ai tant aimés », ou « Je veux pas mourir », ou « Ramenez-moi dans mon couloir sur mon tapis », ou quelque chose du même style, il y avait tant de tensions dans ce huis clos que je serrais les dents comme dans les films de mon enfance, Paul Newman dans *La Tour infernale*, à me faire péter les plombages.

Et puis, soudain, Ras' a tourné un peu la tête et m'a regardé avec ce genre de paires d'yeux qui vous flinguent le moral et les guibolles. J'ai fait comme mon père, je lui ai posé la main sur la tête, j'ai inspiré un grand coup et j'ai dit : « Au revoir, mon vieux », et je suis sorti.

La vétérinaire et la Hollandaise sont revenues. Il y a eu les dernières caresses, les derniers mots qui peuvent sembler si ridicules pour ceux qui n'ont jamais eu de chien, et mes sœurs et ma mère sont parties à la maison, dans les larmes, dans les mots que seules les femmes savent se dire dans ces moments-là.

Quand la voiture des filles a démarré, mon père m'a regardé et il m'a tapé sur l'épaule et ce geste m'a un peu secoué. On est restés là sur le gravier dans un de ces silences typiquement masculins, un silence solidaire, cousu de fumée de cigarette, de mains dans les poches et de regards par terre. On a attendu une demi-heure comme ça et puis la vétérinaire est venue nous dire que c'était fini. On pouvait récupérer le chien.

C'était déjà plus Raspoutine, c'était une grosse masse lourde, tellement lourde, la pisse lui sortait du ventre, ça sentait déjà la mort. On l'a mis dans un drap blanc. On a mis le drap blanc dans une bâche en plastique et puis on est partis à la campagne, dans la maison de vacances, à 200 km/h vers le grand sapin, six cents bornes avec le chien mort dans le coffre.

Voilà, le trou est assez profond, pas loin d'un mètre. On attrape le drap, on le soulève, il est de plus en plus lourd, la mort double la force de gravité, c'est une loi de la physique dont personne ne parle, on le dépose au fond. On dirait une grosse larve de dinosaure. Sur la recommandation de mes sœurs, on ajoute sa couverture favorite, un truc rose immonde plein de poils, et puis une balle de tennis, un collier, une laisse, deux trois conneries qu'il aimait mâchouiller. On fait une petite minute de silence, papa prend une longue inspiration pour faire un discours. Il dit : « Salut, mon Ras'. » Je le regarde. Il a les larmes aux yeux. Il ne dit plus rien. C'est fini. On chope les pelles et on remplit le trou sous la neige fondue. Voilà, c'est comme ça que ça finit parfois, un chien, une enfance.

Diabolo-mante

Mon beau-père tond la pelouse de son jardin et mes filles jouent sur les dalles au bord de la piscine. Elles ont adopté une mante religieuse qu'elles ont appelée « Diabolo » et la nourrissent de criquets vivants dans un petit gobelet transparent sorti d'une boîte d'entomologistes en herbe qui a survécu à Noël. J'évite d'analyser les loisirs de mes filles. Je les regarde simplement évoluer, interagir, rire, s'invectiver, grandir, évidemment à toute vitesse, stupéfait à chaque instant de leur beauté, de leur intelligence et de mon absence totale d'objectivité en ce qui les concerne.

Je me demande parfois s'il arrive à des parents de constater oralement, pour eux-mêmes, en s'en voulant sûrement un peu, la bêtise ou la laideur de leur enfant comparé à ce qu'ils en espéraient. À quel âge ces parents ont-ils fait le deuil de l'enfant sur lequel ils misaient et quand ont-ils accepté celui qui leur est arrivé ? J'admire leur courage intellectuel mais je plains ces parents-là et je me félicite tous les jours de la beauté et du génie de mes filles sans craindre une seconde les déformations parfois spectaculaires de l'adolescence.

J'ai cessé de grandir assez tôt pour un garçon, avant les vacances de troisième. Au moment où la majorité de mes amis prenaient dix centimètres et dépassaient allègrement le mètre quatre-vingts, je restais campé sur mon mètre soixante-treize et demi – je triche toujours sur le demi. Mes parents ne m'ont jamais directement tenu rigueur de ce manquement au contrat initial (« D'après ta taille à la naissance, tu feras au moins un mètre quatre-vingt-deux », chantait mon père quand j'avais douze ans), mais je sais qu'ils ont quand même dû être un peu déçus et qu'ils espéraient secrètement que je devienne « un beau garçon » (expression fétiche de ma mère pour désigner mes amis de plus d'un mètre quatre-vingt-quatre). Je me rappelle avoir mangé un nombre incalculable de yaourts en espérant grandir, pas pour moi, pas pour mes amis, mais pour faire plaisir à mes parents. C'est toujours dur de décevoir malgré soi, mais on s'y fait, tout le monde s'y fait et ce n'est pas si grave, même s'il y a partout, dans toutes les familles, des Tyrion Lannister, des nains, des laids, des monstres qui s'ignorent ou, au contraire, qui se connaissent trop bien.

Mes filles jouent avec une mante religieuse au bord de la piscine. On entend les cigales dans le jardin. Trois nuages blancs colorent le ciel pour le principe. C'est à mon tour de pratiquer ce dur métier, ce métier impossible, cent soixante-huit heures de travail par semaine, pas de week-end, pas de vacances, pas d'autre salaire que la critique rétrospective : parent.

J'ai rencontré mon aînée voilà presque dix ans, par une après-midi de septembre, pas très loin des joueurs d'échecs du jardin du Luxembourg. À une heure de l'accouchement, j'ai demandé à ma femme si ça ne la dérangeait pas que j'aille jouer une ou deux parties rapides pour me détendre. Elle m'a répondu : « Tu rigoles ? » Oui, je rigolais, quoiqu'une partie d'échecs m'eût vraiment calmé les nerfs.

Je me souviens de la cuite avec les copains, la veille du jour J, du retour à cinq heures du matin auprès de ma primipare endormie râlant, à raison, parce que j'étais parti sans mon téléphone portable faire la fête alors qu'elle était sur le point d'accoucher, et je me rappelle encore mieux le réveil brutal de 5 h 30.

« Une tache de sang, il y a une tache de sang sur les draps, d'après tous les livres, c'est un cas critique. Il faut foncer à l'hôpital. »

Sacrifier au plaisir de se retrouver projeté dans une ambulance et dans un mauvais film d'auteur français, encore fin saoul et voir sa jeune épouse chercher désespérément un mouvement à la surface de son ventre, « Je ne le sens plus, je ne le sens plus », penser au pire, dire « Mais non, putain, c'est pas possible, ça peut pas finir comme ça », penser qu'on est bourré, épuisé, que les dialogues des films français sont mal écrits, respirer, s'apercevoir que les ambulanciers roulent à petite allure comme s'ils partaient s'acheter un menu Big Mac entre deux petites vieilles à amener chez le kiné, exiger la sirène, la vitesse, le film d'action américain, « Ah mais il fallait demander, monsieur », débarquer en dérapage à l'hôpital Saint-Vincent-de-Paul, sauter par-dessus le capot comme Starsky, défoncer la porte des urgences de la maternité comme Hutch, et se retrouver, les bras ballants, dans un téléfilm allemand des années soixante-dix, un épisode de Derrick filmé au ralenti avec des regards qui se posent sur vous, globuleux et outrés, et qui vous jugent parce que vous êtes entrés trop vite, parce que vous n'êtes pas dans le tempo.

Quelques blouses blanches finissent quand même par nous approcher, lentement elles aspirent ma femme entre leurs bras et disparaissent, sirènes en Crocs, dans les profondeurs de l'hôpital, me laissant seul dans une longue salle d'attente où une quinzaine de femmes enceintes se caressent toutes le ventre en regardant l'horizon derrière mon épaule. Ma femme a disparu avec mon bébé qui ne bouge plus. Sur la table basse, devant moi, des dizaines de magazines sont étalées. C'est toujours le même titre : celui pour lequel j'écris. Amenez-moi le scénariste que je l'éviscère.

Après une demi-heure d'attente à lutter contre le sommeil et la terreur en comparant les attitudes des femmes enceintes, dont le statut exceptionnel est, à leur grand dam, désintégré par la multiplication des ventres, on m'annonce deux bonnes nouvelles : l'enfant est vivant et ma femme aussi par-dessus le marché. Le sang sur le drap vient d'un « hématome rétro-placentaire », je ne comprends rien à ce que cela peut bien signifier mais ma femme m'annonce ça avec un tel soulagement que je prends l'air pénétré de celui qui voit tout à fait de quoi il retourne. « Ça c'est chouette, ma chérie. »

Notre deuxième enfant naîtra dix minutes chrono après l'arrivée à la maternité, en hurlant déjà alors que seule sa tête sera sortie du ventre de ma femme. C'est un souvenir qui m'a traumatisé. L'aînée prendra plus de temps pour devenir le même vélociraptor, elle sera plus discrète à la sortie et ménagera le suspense.

J'ai crevé d'angoisse en écoutant les battements de son cœur sur le monitoring, un cheval au galop qui parfois passait au trot puis au pas, ce qui laissait supposer une mort imminente sauf auprès des sages-femmes qui tapotaient simplement sur la machine en passant dans la chambre avec ce sourire impossible à interpréter qu'opposent souvent aux patients les gens en blouse blanche. La blouse blanche annihile le premier degré et la sincérité des sourires, mais les médecins, infirmières et sages-femmes semblent absolument ignorants de cet état de fait et ils continuent leur vaine chorégraphie zygomatique alors que nous savons tous que c'est très grave.

Quand la sage-femme m'a demandé si je voulais passer devant les draps pour « voir » la tête du « bébé », je n'ai pas su quoi répondre. Je l'ai regardée avec cet air de dire : « Vous en pensez quoi vous, par rapport à notre vie sexuelle plus tard ? », mais sous son masque, elle a répondu d'un mouvement de sourcil aussi lapidaire que prolixe, qui disait : « Ça, mon coco, ce sont tes problèmes, à toi de gérer, et en même temps, t'avais neuf mois pour y penser. » Alors, je me suis avancé. Je suis passé devant le champ. Et là, j'ai vu l'origine du monde, oui, mais l'origine du monde avec un morceau de crâne et des cheveux mouillés au milieu, ce que Courbet aurait dû peindre s'il avait eu des couilles au cul. Artistiquement, ça m'a suffi. Je suis retourné à ma place, derrière le champ, avec Gustave.

Tandis que ma pauvre parturiente me tenait par la main et faisait ce qu'elle pouvait sous ses draps vert d'eau pour me réconforter, j'ai cru mourir une première fois quand la sage-femme a dit que le bébé était en train de s'étouffer car son cordon ombilical s'enroulait autour de son cou et qu'il fallait à tout prix accélérer la manœuvre. Je ne comprenais pas pourquoi la nature avait créé un cordon ombilical en forme de corde pour se pendre, j'imaginais un boa constrictor en train de broyer le cou de mon enfant tandis que son cœur faiblissait sur le monitoring, j'entendais bien les battements ralentir. J'ai cru mourir une seconde fois quand la sage-femme est revenue avec le médecin de garde, un interne de vingt-quatre ans avec une voix de flûte et qui n'avait manifestement pas encore développé de système pileux. J'ai failli lui demander d'aller chercher son père, mais finalement, le jeune homme s'en est très bien sorti et a réussi à extraire, à coups de ventouse, du ventre de ma femme, une espèce de chose bleue, rouge et marron, qui, aussitôt placée contre son sein, s'est mise à lui chier sur le nombril.

Comme on n'avait pas voulu connaître la couleur du sexe et conserver la surprise jusqu'à la fin, devant la grenouille souillée d'excréments et d'hémoglobine, j'ai simplement demandé : « C'est un garçon ou une fille ? » Du tac au tac, la sage-femme m'a répondu « Pour l'instant, c'est un bébé », et elle est sortie de la salle d'accouchement avec le machin tout sanguinolent qui n'avait pas produit le moindre son depuis sa sortie à l'air libre, alors que je savais, tous les gens qui ont eu un carnet de santé bleu savent, parce que la question est posée dès la deuxième page du carnet bleu, « L'enfant a-t-il crié immédiatement après sa naissance ? », je savais que pour avoir tous les points, pour être en parfaite santé, valider tous les critères et entrer gagnant dans la grande école de l'existence, il fallait bien sûr avoir hurlé tout de suite, immédiatement, je suis au monde, je suis là, j'investis la planète, accrochez-vous, je vais vous pourrir les nuits pendant six mois, et bientôt les kermesses et les fêtes de fin d'année, la crise d'adolescence et les copains débiles, j'espère que vous avez la patate, tous ces messages qu'envoient subrepticement les nouveau-nés quand ils hurlent pour la première fois, mais ce petit corps bleu ne criait pas, ne faisait aucun bruit et j'étais tétanisé, vraiment, quand l'infirmière est sortie en lâchant : « Pour l'instant, c'est un bébé », cette phrase, c'était une baffe maquillée en caresse, un doigt d'honneur pour remonter ses lunettes sur son nez, un putain de sourire en blouse blanche.

Et puis j'ai entendu les cris tant attendus. Et ce fut la première et la dernière fois que des cris d'enfants provoquaient mon ravissement. La sage-femme m'a demandé de venir. C'était une fille. Je lui ai donné son premier bain. Elle n'était plus du tout ce ver dégoulinant, elle était toute rose, très fine, une petite crevette délicieuse qui me regardait avec des yeux aussi étonnés que les miens et c'était très curieux de rencontrer brutalement cette inconnue et tout aussi vertigineux de concevoir que j'étais prêt à me jeter immédiatement et sans condition du haut de la tour Eiffel pour cet être humain qui n'existait pas techniquement et juridiquement une heure auparavant. La naissance de sa petite sœur me fit exactement le même effet et je ne sais pas quelle part revient à la nature, à la culture et quelle autre à ma propre histoire dans cet attachement violent, soudain, sans mesure.

« Vous voulez la prendre dans vos bras ? » La sage-femme avait fini son boulot. Je commençais le mien. J'ouvrais les bras, mes mains agrippaient pour la première fois ce petit corps de balsa rose plus léger que l'air que je peinais à trouver pour respirer. Il est de bon ton de dire qu'on devient père avec le temps, qu'on apprend à l'être, jour après jour. Pour ma part, je le suis devenu instantanément à cet instant-là, reddition sans condition.

Une naissance est peut-être un événement plus étrange qu'on croit, à rebours de la tristesse homogène d'un enterrement. On a beau hurler de joie, « Oh, bravo ! Félicitations ! », seuls les parents sont vraiment électrisés par le bonheur d'une naissance, les grands-parents voudraient bien eux aussi, mais qui pourra les blâmer d'y voir également, et souvent d'abord, un signe de vieillissement de plus, un nouveau pas vers le caveau, la dernière étape, réflexe qu'ils gommeront sous les sourires avant d'essayer de créer un vrai lien avec leur descendance, avant d'aller plus loin pour tenter de donner un sens, et tous les autres ne sont souvent touchés que par des ricochets lointains, légers, du bonheur par capillarité, affinités électives, j'ai toujours trouvé les joies des naissances plus fausses, plus courtes ou en tout cas plus complexes à jauger que les tristesses vaguement monolithes des enterrements ; les sourires sont souvent moins fiables que les larmes.

Voilà. Je tenais ma petite fille dans mes bras. Je me sentais à la fois maladroit et très à l'aise. Elle suçait l'ongle de mon petit doigt compulsivement et je pensais déjà à l'enfance qui l'attendait, à tous ces instants qu'elle allait vivre, sans s'en rendre compte, sans y penser, comme ce moment, dix ans plus tard, sur les dalles au bord de la piscine, sous les trois nuages et le ciel bleu, près des chants des cigales, quand elle jouerait avec sa petite sœur à nourrir une mante religieuse nommée Diabolo. Cet instant sera sûrement dissous ou pulvérisé en micro-astéroïdes dans les limbes de sa mémoire comme d'autres minutes de vie qui n'auront rien donné, rien porté dans leur ventre, ni monstre, ni miracle, le quotidien simplement, la vie qu'on inspire et qu'on expire sans y penser. Au contraire, peut-être que cet instant tombera par une alchimie bizarre dans la boîte des souvenirs indélébiles, de ceux qu'on raconte avec force détails à son arrière-petite-fille qui n'est pas encore née, Anna, dont certaines molécules, coïncidence incroyable, naviguent dans l'air tiède autour de cette piscine, près de ces deux petites filles blondes, tandis que le moteur d'une tondeuse vient de s'arrêter. Les atomes d'Anna se mélangent alors peut-être à cette odeur venue du jardin et qui se superpose soudain au goût du chlore de la piscine, cette senteur qui se respire mieux qu'elle ne se raconte, ce plaisir, cette évidence, ce parfum d'herbe coupée.

Saint-Gély-du-Fesc, 12 juillet 2014.

Pour découvrir
d'autres histoires de Kolia :

web

SUIVEZ LE CONSEIL DU PROFESSEUR DE KOLIA, « LISEZ-LE »

SIDDHARTHA

HERMANN HESSE

N° 4204

Un jour vient où l'enseignement traditionnel donné aux brahmanes ne suffit plus au jeune Siddhartha. Quand des ascètes samanas passent dans la ville, il les suit, se familiarise avec toutes leurs pratiques mais n'arrive pas à trouver la paix de l'âme recherchée. Puis c'est la rencontre avec Gotama, le Bouddha. Tout en reconnaissant sa doctrine sublime, il ne peut l'accepter et commence une autre vie auprès de la belle Kamala et du marchand Kamaswami. Les richesses qu'il acquiert font de lui un homme neuf, matérialiste, dont le personnage finit par lui déplaire. Il s'en va à travers la forêt, au bord du fleuve. C'est là que s'accomplit l'ultime phase du cycle de son évolution. Dans le cadre d'une Inde recréée à merveille, écrit dans un style d'une rare maîtrise, Siddhartha, *roman d'une initiation, est un des plus grands de Hermann Hesse, Prix Nobel de littérature.*

PAPIER À BASE DE FIBRES CERTIFIÉES

Le Livre de Poche s'engage pour l'environnement en réduisant l'empreinte carbone de ses livres. Celle de cet exemplaire est de :
300 g éq. CO_2
Rendez-vous sur www.livredepoche-durable.fr

Composition réalisée par Belle Page

Achevé d'imprimer en décembre 2015 en Espagne par
CPI BLACK PRINT
Dépôt légal 1re publication : janvier 2016
LIBRAIRIE GÉNÉRALE FRANÇAISE
31, rue de Fleurus – 75278 Paris Cedex 06

27/4261/3